U0501344

四川省作家协会2022年度乡村振兴重点作品扶持项目

光雾岚

孙梓文 ——

—— 著

长江出版传媒

长江文艺出版社

孙梓文

本名孙国贤，四川巴中人。作品散见于《诗刊》《中国艺术报》《星星》《中国诗歌》《天津诗人》等，入选《中国诗歌排行榜》等多种选本。

以诗的方式泄露内心的光芒

——序孙梓文诗集《光雾岚》

蒋登科[*]

每每想起巴中，我就有点激动。

每每读到巴中诗人的作品，我就有回到家乡的感觉。

巴中是我成长的地方，我在那里生活了十八年。十八年之后，我依然每年都会回去。因为地域和自然环境的限制，巴中的经济并不发达，但那里的诗人、作家很多，而且我和其中的很多人都比较熟悉。他们扎根在巴中那片土地上，在那里回顾、展望、思考、探索，在世纪之交的时候形成了一个影响不小的"原点诗群"；即使是那些因为种种原因而离开了巴中的作家、诗人们，我依然可以从文字中读到他们对那片土地的深情与怀想。随着时间的推移，"原点诗群"对诗歌艺术的探索已经远远超出了地域的局限，融进了中国诗歌发展的版图。

孙梓文是这个群体的中坚之一。我读梓文的诗已经比较久了，和他认识也已经差不多十年了。2013 年 8 月，我作为外地巴中作家的代表之一，应邀回巴中参加市里的文代会、作代会，在会上会下见到了阳云、秦渊、杨通、陈俊、王志国、张万林、鲜圣、马嘶、孙梓文、周书浩、马忠、谢艳阳、李欣蔓、蓝梦、蔡大勇、蒲苇等诗歌界、文学界的朋友们，感受到

  * 蒋登科，中国作家协会会员，西南大学教授、博士生导师，西南大学出版社副社长，重庆市作家协会副主席。

了巴中文艺队伍的强大。在那次会议之后，巴中市文联、作协分别独立建制，有人员、有经费，这在经济并不发达的地区是很少见的。我当时就觉得，巴中的文学艺术事业一定会进入一个快速发展的时期。

在那以后，我每年都会见到梓文，主要是在我回到家乡的时候。还有几年，他的女儿，也就是青年诗人孙澜僡，在西南大学读书，他也会抽时间到重庆看望女儿。见面交流的时候，我们总会谈到诗歌，谈到巴中的朋友们，谈到那片土地上发生的各种变化。

诗集《光雾岚》是一部专题性诗集，主要是以光雾山为题材的。巴中的光雾山位于米仓山南麓，是一片地域辽阔的山地，因为过去交通不便而得到了较好的保护。那里山势陡峭，植被茂密，溪流潺潺，雾气弥漫，尤其是在秋天，各种树叶随着气温的变化而呈现出多种颜色，阳光穿过树叶，色彩斑斓，仿佛画境。我曾经两次去到光雾山，体验了画在景中生、人在画中游的神奇之美。只要说到光雾山，巴中人都会倍感自豪。我想，梓文肯定比我去得更多，他熟悉那里的每一座山峰，每一条小溪，每一个季节的不同风光，每一个晨昏的不同景致，每一种天气下的不同感受，甚至包括陪同不同亲友所获得的不同体验。对于诗人来说，这些经历都可能是诗歌创作的动力。

对于梓文集中关注这样的题材，我一点都不惊奇。最近这些年，诗歌的地域书写、乡土书写、生态关怀等几乎成为一种潮流，很多诗人将关注的重心放置于某一特定的区域、领域，创作了不少优秀的作品。我并不否定这种探索在诗歌发展中的作用，但是如果大家都去追随这样的潮流，势必对诗歌艺术的发展产生新的拘囿。孙梓文正是在这样的语境之中创作这部诗集的，他在从别人的探索中获得启迪的同时，也产生了某种警惕，开启了属于自己的写作方式。如果细心阅读，我们会发现，虽然梓文的诗有一部分可以称为山水诗或者生态诗，就是直接写山水、自然、生态的作品，但更多的作品并不是传统意义上的山水诗，或者当下流行的生态诗。在他的诗中，光雾山是神秘的，也是美的，它引发的是诗人对大自然的热爱，是对人与自然关系的思考，更是对历史、现实、人生、生命的感悟。山水、自然与诗人人生感悟的融合，才是这部诗集的基本艺术取向。

诗集包括"山居图""红叶迟""风雨慢"三个部分。仅看题目，我们大致可以揣测每个部分涉及的题材和主题，涵盖光雾山的地域文化、植物、气候以及隐藏在曲径、落叶中的悠远历史，但这种表面的猜测难以判断诗人所要表达的经历与体验，只有细读诗篇，我们才能体会到光雾山带给诗人的心灵启迪、生命启示，以及他的探索所具有的诗学价值。

《山居图》可以说为整部诗集奠定了基本的格调，也就是诗人在光雾山所感受到的自然与人生交织：

山抬高一寸，云朵就降低一分

山居亭后，与茂林修竹为伍

云朵比照自己的模样

在庭前栽花，插柳

如此甚好，光雾山的孩子

乳名是岁月的琥珀

喜欢在母亲的姓氏里栽岚描霞

更爱在她童年的画图里

培育溪水，放牧内心的野草

黑熊沟是一个隐喻

惯于在生活的低处欢腾

像一扇心门，始终为归途开启

　　环境、人物、成长、心灵，这些元素相互支撑、相互实现、相互成就，构成了一幅大山里的生活场景，也抒写了生命的生长，尤其是山里的孩子，"在母亲的姓氏里栽岚描霞""放牧内心的野草""在生活的低处欢腾"……这样的生存状态，带给我们的是自然自在的感觉。生命在这里舒展，心情在这里放松，自然因为人类而鲜活，人类因为自然而自由，人与自然的深度融合，在这样的氛围中体现得特别明显。《香炉日出》写的是对生死的思考："每天都在死去活来/让人熟悉生死/练习生死/看淡生死//一枚太阳/将生与死运转得/如此精妙绝伦//山中观日久了/也成为一枚太阳/在短暂的轮转中/学会了自由沉浮"，诗人打破人们对太阳的传统认知，将日升日落比喻为生命的轮回，这种联想本身就很新鲜，而不是毫无线索可循。可以说，整部诗集都围绕着这样的发现、思考、摸索展开，关涉人生，关涉爱恨，关涉生死，自然也就有了超越单纯风景的广度与深度。

　　在诗集中，我们可以读到自然的馈赠，读到自然带给诗人和人类的启迪。《光雾山，辽阔的抒情》是诗集中篇幅较长的作品，我们在其中读到了山水之美，自然之音：

每一次日出，都不会错过

居于山中，这是最好的角度

岁月虽有些坡度

但你从不居高临下

而是抬起目光，一次又一次

让阳光洗濯

直到它消失在山的另一边

心中就生起篝火

替太阳，在夜晚与月亮重逢

星星低垂，在眼睛里落户

　　大自然就是这般丰富、这般包容，一切的美好、一切的梦想都可以在这里生长，一切的郁结、一切的困顿都可以在这里得到消解。

　　光雾山四季都有不同的景色，随时都有触动诗人内心的景致，而红叶是光雾山最亮丽的名片，自然也会成为诗人用心体验的对象。他说："一枚叶子，不经意的回眸／已是一片沧海／我是一滴独自上路的溪水／或一滴静静流淌又悄悄风干的泪水／／只是，我心中的热血／始终没有停止燃烧／包括焚尽我自己／一如红叶，最终的绚烂"（《红叶迟》），红叶带给诗人的是激情，更是沉思；是现实，更是情怀。在光雾山的缤纷色彩中，水青冈是它的骨骼，也是它的灵魂，在水青冈的身上，诗人读出了自己的内心："水青冈将心中高洁的红，托举到蔚蓝的／天宇之上。惊艳在这里恣肆／赞美在这里无羁。树叶和人，互为精灵／／人间不是无白可留／常常，我们欣赏一个俏丽的身影／不及一角衣袂，在眼底摄魂／／尘世丰满，不及神的半缕云彩／也罢，就此打坐／完成一次对自然的皈依"（《天然画廊》），自然带给诗人的是天堂一般的想象与体验，超越尘世，回到内心，回归本心，最终达到物我两忘，于是，诗歌的意境出来了，生命的境界出来了。

可以看出，在抒写光雾山的"辽阔"的同时，诗人更多地写出了大自然赋予诗人的人生思考。"光。雾。山。这是/多么盛大的事物//植物。动物。人类/又是多么渺小"，诗人在这里发现了"盛大"与"渺小"，强烈的对比是诗情生长的乐土，面对"盛大"的自然，"人类只有深情与遐思可以匹敌/歌哭是一种，诗兴是另一种//仿佛光雾山可以复制成万种/仿佛光雾山可以长在心尖之上"（《光雾山，辽阔的抒情》），山水、自然与诗人的情思相交融，我们在山中看到了人，也在人中感受到了山。这是光雾山的神奇，也是孙梓文在山中体验到的现实、人生与生命的独特。

这部诗集在题材上集中于光雾山，这其实是不好写的，稍微不注意，或者说如果作者的功力不够，就很有可能把自己引入自我重复的窘迫。但是，当我们读完这些作品，我们会觉得这是一部丰富的诗集，诗人用心经营，投入了他迄今关于自然与人生的全部经历和体验。在诗歌创作中，题材有时并不是决定诗歌优劣成败的关键，决定作品质地更多的是诗人从相似的题材中获得了怎样的诗美发现。换句话说，优秀的诗歌往往不在于"写什么"，而在于"怎么写"和"写出了什么"。梓文在观照光雾山自然风光的同时，把更多的精力投放在这些题材的延展上，以丰富的想象黏合自己的人生体验，抒写的主要是外在世界在自己内心的投影，内化程度较高，避免了主题的单一、单调。

这些作品的丰富，在于它们起于自然。自然比任何一个人的生命要长久许多，因此可以为我们提供更多的关于生命的暗示与启迪，诗人因此延伸出了对历史、现实、生命、自我的多维感悟、思考和诠释。同时，将感情投射到自然之中，可以更好地避免诗歌写作中可能存在的说教的、套话的、概念的表述，更切近诗歌的本质。

这部诗集的丰富，不只体现在主题的丰富上，更表现在诗人艺术表达的丰富。收入诗集的作品大多都是短诗，即使那些篇幅较长的作品，往往也是可以将其中的每个部分单独抽离出来，成为独立的诗篇的，但这些短诗的味道不短，反而意蕴悠长。《秋声弥漫》有这样一节："夜雨组合。光与我相互构成/声音是一种覆盖物//寂静之物都有巨大的声响/思与诗，走在旷野之中/仿佛代替群山奔跑/雨和我，统治了巴山的夜晚//翻开书页，秋天是一桶彩色的染料/合上书本，精彩的世界/无非是一首安静的小诗//从此，秋声只能默默诵读/像秋天通过雨，开始摇曳缤纷"，在篇幅不长的文本中，我们可以读出多种味道的交织：内与外、动与静、情与物、喜与悲……构成了一幅秋天的夜雨图，于寒凉之中透露出诗人内心的情愫。为了避免情感的直接叙说，有效地使用意象是诗歌创作的基本手段，而梓文建构的意象世界是独特的，拆开来是诗歌的构成元素，合在一起又是光雾山的自然大千，依托与重组是梓文在诗歌写作中避开熟悉和套路、建构陌生与新意的有效手段，而他的"重组"是最考验诗人功力的。为了达成相对满意的"重组"效果，他在表达上借鉴了传统诗词的一些语气和节奏，比如使用了一些单音词，努力追求单音词与现代汉语的融合，为现代诗歌语言增加了一份典雅，也使现代语言多了一份特殊的韵味。他的不少诗歌的题目就暗示了他对传统语言的化用，比如《暮晚调》《树精帖》《红叶迟》《夜雨寄》《风雨慢》等。当然，这种化古拟古的方式不能过度使用，如果在作品中没有流动传统文化的精神，延续深厚的文脉，尽量不要采用，否则就可能导致作品成为半文不白的文本，与现代人的话语方式、情感方式出现落差甚至断裂。

在风格上，《光雾岚》以安静作为基调，这是因为诗人感受到了自然的博大，触摸到了内心的柔软，因而努力追求表达上的丰富与细腻。这种安静既来自大自然的启示，也来自自然生命对诗人心灵的触动，或与高山媲美，或与小溪对话，或与花朵对视，或与小草比肩，或与月亮举杯，或与阳光握手，或与云彩对望，或与细雨同行……大自然的启迪，恰如萤火虫的光亮，"嘹亮的火焰/蓄满了太阳和星辰的能量/世间万物，从此学会自带光芒"（《萤火虫》），梓文的诗中是蕴含着"光芒"的，这既是外在世界对内心的清洗，也是内心世界对生命压力的调适。

因为巴中，因为梓文对诗歌的执着，我对来自家乡的孙梓文的作品或许存在着一份偏爱。其实，如果苛刻一点要求，他的诗肯定还有一些不足的地方，比如视野还不够开阔，对诗歌史和当下诗歌的发展状况了解似乎还不够深入全面；对文字的打磨还不够精细，尚未做到字字安稳；他的新鲜更多地体现在题材的陌生化上，使《光雾岚》成为关注光雾山的第一部个人诗集，但表达上的陌生化还可以进一步尝试……我相信，只要他继续坚持独立的艺术探索，不断吸收新的艺术营养，这些不足都是可以得到调整、完善的。

我期待巴中的新变，也期待孙梓文诗歌艺术的新变！

2023 年 3 月 30 日，草于重庆之北

目　录

第一辑

山居图

山居图

山抬高一寸，云朵就降低一分
山居亭后，与茂林修竹为伍
云朵比照自己的模样
在庭前栽花，插柳
如此甚好，光雾山的孩子
乳名是岁月的琥珀
喜欢在母亲的姓氏里裁岚描霞
更爱在她童年的画图里
培育溪水，放牧内心的野草
黑熊沟是一个隐喻
惯于在生活的低处欢腾
像一扇心门，始终为归途开启

早安，光雾山

晨曦历转亿年，依然是新的
草尖和花上，一颗露珠也是新的
像清风，在一天中最早的时候问候我
佛光灿若云霞，微笑无语
它的光芒穿过我的旧身，仿佛也是新的
这有点像，我在尘世穿梭了几十年
用旧的时间，仍是新的

这有点像，我在光雾山的早晨遇见你
整个人间，都是新的

香炉日出

每天都在死去活来
让人熟悉生死
练习生死
看淡生死

一枚太阳
将生与死运转得
如此精妙绝伦

山中观日久了
也成为一枚太阳
在短暂的轮转中
学会了自由沉浮

那日黄昏

那日黄昏，我们并肩走在花开的山地
分别之处很快到了
而花草仍不愿松手，继续一路牵随

它们的世界，从没"分别"这个词
就像黄昏深处，仍有黑夜的眼睛
黑夜尽头，朝霞又披上绚烂的纱衣

黄昏是一个美丽的循环
是时间开在天空中的一朵幽兰
像经过我们分别之处崖壁上的那一朵

夕阳·安详

夕阳，有着慵懒的疲惫与松弛的安详
光，在办理交接
宇宙的轮值宫里，坐上了月亮和星星
它们要看清天空和大地
但它们的光芒，没有方向
只有我们的眼睛
是单方向的
比如：我们远望
与它千年前的高度一样契合
比如：我们返乡
与一声归林的鸟鸣，有着振翅的和声

暮晚调

时序更替，天地有着恒常的变动
比如：在光雾山，月亮隐去，太阳升起
比如：此刻，太阳还在西天
而月亮已登临东山
它们严丝合缝，有着时间的界河
又有着光芒重叠的关切
它们没有占山为王的念头
只是，把相互照耀过的人间
再重新照耀一回

黑夜是一块礁石

黑夜是一块巨大的礁石

无论如何用力，都难以出入其里

这沉沉的黑，在你手里

不过是一滴颜色较深的墨水

仿佛你一倾洒

这些难以逾越的石头

就会淹没于一片海水

我便借助一朵浪花，重新站立

并领回那些走失的光亮

颠　簸

　　光雾山一拧开关，黑夜的被子
把我们全都覆盖了
好像我们也成了黑夜的一部分
我抚摸你
像在抚摸黑夜
有了轮廓和温度
有了波涛汹涌的巨浪
我缩回手
分不清哪里是黑夜哪里是你
巨浪的声响
把我扔在人间这艘颠簸的船上

光雾山月

一

夜风清凉，河水奔流且低唱
万物都在静养
唯有人间灯火胜过天上

如果你和朋友还在山中
月下松子落，草上黄羊欢
可以转告他，我也举起了酒盅

你索要的那颗最亮的星辰
仿佛是我最古老的爱情

二

竟然会是如此的夜晚
你脸庞圆润，散发清奇之光
越过山岭，略显疲惫
已走过很多路程
你比山岭都低

光线竟也不如它们明耀

你谦虚的光亮不需要表达

人们都说仰望星空

现在，我们俯瞰月亮

你的光辉无人知晓

我不能道一声晚安

知道你还要走很远的路

和近旁的河流一样

不废万古流淌

你的光芒，像两行热泪

一行挂在人间

一行挂在天上

三

光雾山的月光，比酒还香

醉与不醉

都一样，照耀过虚无的时光

那些月光走过的小路

也被花朵走过

现在，我是山底最后一粒月光

有过倾覆、破碎而绝望的疼痛

我怕一经滴落

莽莽巴山

就会空空，荡荡

神仙用过的夜晚

神仙用过的夜晚，尚有余烬
雾横花睡。林间
虫子们早已停止了吟诵
多年前，也是这样的清晨
父亲去往林深之处
留给我一枚月亮的淡影
母亲收拾好明媚的晨曦
铺开满天霞光
我总是悄悄尾随
捡拾他们身后的原野
像一棵幼小的
树苗，独自挺立在天地之间

光雾山，辽阔的抒情

一

光。雾。山。这是
多么盛大的事物

植物。动物。人类
又是多么渺小

——但它们都懂得，依附于
光雾山繁衍生息，做大成势
杜鹃花是夏天的代表
红叶又占领了群山的秋天
黑熊在黑熊沟拥兵自重
苍鹰又覆盖了整片天空

人类只有深情与遐思可以匹敌
歌哭是一种，诗兴是另一种

仿佛光雾山可以复制成万种
仿佛光雾山可以长在心尖之上

二

所有人爱你时，你是我的母亲
所有人远离你，你是我的恋人
繁花落尽，光雾山
你怀抱初生的婴儿
像一片新染的红叶
怀抱古老的传说

我站在一座座山峰上
伫立在一条条溪流前
喊你的乳名
像一位母亲深情地轻唤
像一位恋人亲密地呢喃

三

在你面前，不谈天，不说地
只说顶天立地

在你面前，不道古，不论今
只说古往今来

在你面前，不说绵延，不说色彩
只说悠悠我心

在你面前，不说轮回，不说永生
只说今生今世

四

米仓道在此歇脚。我喝下
二两江口醇
就是赶了两百里水路
大可在此小住
昨夜听了十首巴山情歌
首首都是高音
一夜之间，光雾山
就长出了十座
我摊开手掌
十个指尖，都滴着音符

五

每一次日出，都不会错过
居于山中，这是最好的角度
岁月虽有些坡度
但你从不居高临下
而是抬起目光，一次又一次
让阳光洗濯
直到它消失在山的另一边

心中就生起篝火
替太阳，在夜晚与月亮重逢
星星低垂，在眼睛里落户

六

最先，万物沉浸在一团雾里
一声鸟鸣，啄破了边界
树木开始抖擞
河中的倒影
和鱼一起，恢复了游动
雾气弥散
渐次被太阳撩开
光雾山，像一个圣女
被大地推往天上
又被风，轻轻吹向人间
这使我再次确认——
纵有千钧之力捧你在手上
不如轻轻地把你，放在心底

七

一座山峰走进一首歌谣
一条溪谷爬上一枚月亮
一丛山花灿亮一朵云霞
一声号子劈开一座城堡

光雾山，你在我心上
无拘地
奇幻地
奔跑

光雾山，你在我诗行
纵横地
无拘地
苍莽

八

在光雾山，会感到和它在一起
多么宽广，极致和高远

阳光是早晨的朝拜品
朝霞是驿马的快鞭

暮色退居二线，山依然是山
星星是夜晚的点心，尚有香气四溢

四季都是贡品，至于红叶，和雪花
当然堪称珍品

有谁知道？即便这样，它仍有忧伤

巴山夜雨，是最触怀的物种

九

在光雾山，你高不过一朵花
也低不过一滴露
山走在雾中，雾也藏在山中
像一对日出而作
日落而息的小夫妻
常常把露水忘记在草叶上
偶尔又遗落在小溪中
让它们学会往低处走
向远方流
要说把花栽到云里头
倒是有意而为之事
山躬身，枝叶抽出序言
雾俯首，花朵被捧成主语

十

光，对我们不够公平
当你闪闪发亮
我只能仰望你的光芒万丈

雾也一样，当你消失不见
我不能找到你。而你兴起之时

轻而易举就淹没了我

山，太过辽阔。终其一生
我都不能做你的光
做你的雾
我只奢求，成为一块岩石或泥土
直至成为你的一部分
并充分享有光和雾的恩宠

十一

最爱走的，还是韩溪河那条古道
仿佛走在三国，步入汉唐
遗风古韵可以明鉴河水的丰盈与枯瘦
河中盛着的五彩世界
分明是人间的倒影
只是偶尔，被两只白鹤无心地啄碎
它们洁白的翅膀，滑过长空，和流水
如此时的心情，幽深，寥廓
仿佛穿过我，就是众生
走过光雾山，就是天下

十二

雨停了，河水汇集。浪花逐渐
长成自己

太阳跟随人的足迹，光线从来
都不是直的

光雾山是长有翅膀的飞行物
毕生不过是带领我的目光飞行

十三

伟岸的不是海拔，而是光与雾的变奏
神的密语，轻轻撒在密林深处
峰溪迭唱，杜鹃花盖过云天
偶有风雪，不过是重回童话世界
这些神奇的礼物
密藏在生命的手纹之间
举起来，带着文字的敬礼

从混沌之初走来，一如梦中一样绚丽
架一丛篝火，舀一勺星光
写一首秦时明月汉时关。或者
掩藏在一支背二哥队伍之中
铁肩扛粮仓，钢臂托朝阳

有闲时，登山，戏水，摄影，读书
若与白云远游
一样去留无意，别无彷徨

此山苍莽，多彩，宁静

激荡之时，红叶飘飘

一头连着大地，一头连着天堂

十四

光雾山围坐在一团雾里

像自己被自己迷倒

坐在车内，她在窗外

近在咫尺

而玻璃窗上的雾气

又让她遮蔽在一团朦胧里

她以为这些人间呼吸

会深深隐埋自己

而我，用手指轻轻一拭

她又直奔眼底

好像逝去的青春和爱情

只是雾的一次消失

十五

光雾山——神仙下凡的平台

人世间最绮丽的舞台

天地孕育出的最美晶体

在秦巴腹地筑起爱的天梯

允许为它大书特书
一部书写神话，一部书写传奇

还有一部，分行作诗
一山一溪，都是灵动的诗句

十六

光雾山有仙子、神乐、佳卉
祈木而往，如含香之花

晴雨不定，光芒浓淡深浅
雾岚重重，云魂杳杳

杜鹃和红叶最通人情，浓睡与否
均可消残酒。如隐者，只在此山中

十七

清风赐我酒后的微醉
明月赐我睡梦的清辉
蝈蝈赐我万物的鸣唱
大地赐我厚实
天空赐我辽阔
……

这些事物，均不带金属的质感

所有的无踪之物
均可乘夜来我纸上
再借鸿雁，传送远方

十八

在一册书页的崇山峻岭里翩飞
轻轻一唤
玉泉便成了一条河流的故乡
一对翅膀化成了《蜀道难》的两行注脚
从此在唐诗宋词中占据着高度

一只燕子，不仅把阳光当丝绸
在诗书里缠绕
而且用诗意铸的剑
把光雾山的陡峭，削成了朗朗上口的绝句
一条河盘旋而上
追随一座山，登上了天堂

春色恣肆

百鸟在馥郁的花香里，尽情合唱
阳光是浪漫的五线谱
绿色成为潮水，淹没了高枝上的招摇

白鹤的前世一定是位飘逸的仙子
也有可能，是七女峰等得太久
要在画幅里起飞

米仓道是曲径的一种，在密林左冲右突
好像路自己不认路一样，有些微醺
也难怪，韩溪和焦家河都是三千年的老酒

尽兴的那一碗，来自西周
群山重回牧野之战。铿锵的巴渝舞
成为五彩的战旗，猎响巴国雄风

——仿佛人间春色
都有着深深的背景和渊源
走得太久了！春天就在光雾山骄横恣肆

三月·春雷

一

是的，与玉泉河的一树野樱花相比
我体内的寒意过于深厚
但是，这彻寒的天宇
依然有花朵，像血在骨头里盛开
如石头长出棱角，如冰凌灿开莹洁
如芒刺，在玫瑰深处探头
这些尖锐的触角，实在过于细小

你站在三月的门楣上，如一只鸟
捕捉过高处的鸣叫
也细究过低如尘埃的叩响
万涓成溪
现在，我终于可以用浩荡的巴河
写出解冻这个庞大的词汇

二

春雷响动。听了四十多年

有些无动于衷

虽然它来势汹汹，无非是对草木虫鱼

敲敲榆木脑袋，耍耍小威风

与我毫不相干

今日，独上光雾山

突然发现自己成了一株响雷菜

驻守着烟火人间

又成了一茎草木，或者一只

刚刚醒来的小兽，也必须喊出身体里

蓄积了一冬的雷声

三

三月，光雾山百花竞走

只有体内的虫豸

还没醒来，为山色演绎合唱

我们谈到古往今来，也说到科技前沿

甚至论起生命的终极意义

后来才意识到

这也是体内另类的虫豸

在春天蠢蠢欲动

我们都想借一匹山，或一片原野

让它们，不用雷声做饵料

也随我们做一回鲲鹏

白云千载，在庄子的树下

自由逍遥

四 月

我说的不是在这里住了四个月
掌叶牵牛注目那么久
我只是偶尔，推开窗
看它将一面山壁，绘成一幅画
我说的四月，温度那么适宜
花朵都在赶集。看见你的时候
掌叶牵牛，悄悄换成一面背影

夏　日

如果是晨曦，为何只给我一瞬

如果是花蕾，为何只给我一枚

如果是清风，为何只给我一缕

你来的夏日，这些事物都太吝啬了

像你影子里的清风

像你笑容里的花蕾

像你眼神里的晨曦

美好只有一瞬

十万亩夏日，也只一瞬，将我掳走

秋声弥漫

一

蓝，仍在放牧。白云枕着河水
天上，地下，相互映照
开过鲜花的草地
感觉从没发生过一场燃烧
花径上曾有人拖着长长的衣裙
好像最后一抹晚霞
那时没有奏响的乐曲
此刻，开始缠绕
我独自走在弯弯的月亮之下
好似一个拾秋人
月亮，是我放不下的镰刀

二

夜雨组合。光与我相互构成
声音是一种覆盖物

寂静之物都有巨大的声响

思与诗，走在旷野之中
仿佛代替群山奔跑
雨和我，统治了巴山的夜晚

翻开书页，秋天是一桶彩色的染料
合上书本，精彩的世界
无非是一首安静的小诗

从此，秋声只能默默诵读
像秋天通过雨，开始摇曳缤纷

三

韩溪河边，我和白鹤都是孤独的一只
我与韩溪，也是互为安抚的彼此
这种互为静谧的三角关系
正适合微雨的清晨
适合秋天，凉风，和溪石
但白鹤显然多了一种机巧之心
它先用翅膀，消弭此岸
接着消弭整个溪面
接着是对岸，再接着，是它自己
空气中浮动着薄薄的微凉
所幸韩溪并没被带走
仿佛我们，共同把它捧往秋天深处

雪花是天空的落叶

一

雪人来自天空，冰做的身体
镂刻成万种形状
零点的温度，适宜轻盈的舞步
过低了，坚硬的外壳会磕伤手指
过高了，会化成没有骨气的水
现在，我要给她系上红围巾
给她绿树和小草
给她取一个含有草木之香的名字
给她诗歌和传唱
这样，有风的夜里
她回来，就不会迷路
带着熟悉的笑容
看向我们，仿佛看向亲切的人间

二

借雪。译成一段只有你能覆盖的文字
星光聚成村落，犬吠止于柴门

即使故人来

月满西楼

雪上走过的琴，有着冰凌的脆响

折返。在光雾山巅

风吹雪花，雪落成册，有珠泪的辙痕

请轻轻走过，静静凝视

千万别！一掬。一捧

融化即隐于无形

三

无人知晓，当我说出那树极寒之花的秘密

我内心冰雪崩塌的轰鸣

当我折返，牵住走失的云彩

她有浅笑，盈满那树雪花的洁白

之所以一再提到那棵树

提到那棵树上斑斓的花朵

提到花朵上的初雪

是因为，我一直在等待那场迟到的融化

如何历经了辗转

行走在你的心上

四

我常常忆起儿时堆雪人的情景

那些从天而降的来客

通过我红肿的双手

得以抱团不取暖，变形不化水

当然，我也会借来树枝做手臂

玻璃珠子做眼睛

使它们更接近于人类

接近于人类对童年的定义

这些年，雪越下越小了

这不是说，我没再遭遇过雪

而是，我的身体逐渐为雪铸造了

一个足够苍远的天空

和雄阔的大地

所以，南来北往的雪花

都可以在我的身体里安家

仿佛，无论世事坎坷，人间沧桑

无论江河婉转，山岭逶迤

它们尖锐的六边形

最终都会在我的身体里软化，或融化

从此，无论走到哪里

遭遇再大的雪，甚至伴随凛冽的寒风

我都像迎接一位故人

养育在体内的雪花

代替我成为最好的过客

五

寒山增加了尘世的高度
孤绝，让我们统一在一个色调里

我曾经也是一个火红的少年
怀着火样的激情
知道必将遇到一个冬天
将所有的温暖清零

但我内心的光芒从未凋零
正如多年后我怀着同样的热忱
光雾山增加了一座移动的雪峰

六

光雾山下雪了。微信里，你兴高采烈地
掬来一捧雪
我单车最远的北方，望王山还没下呢
我步行最远的南方，南龛坡仍按兵不动
也许，山还在固等北方的圣旨
坡，才从唐朝出发
我一生，走到巴中就止步了
即使白了头
现在，你送来一捧雪

而我的炉火，如何由红熬到白
是个难题
受光雾山红叶叠雪的启示
炉火之上，我再加一壶老酒
待你归来，把已经融化的雪，早早还你

七

从南方回来，为的是赶上光雾雪
我这么热忱和雪相见
并不是钟情雪花携带的寒冷
事实上，它一直寄居于体内
当我遇见寒心的事情
就不再感到冰凉
它储积的能量
让我心存感念——
世事都大不过
一场雪，并用雪埋藏心中的山脊

八

唯有诵经，雪花飞舞不息
仿佛天地之间，需要铺陈浩大的盛事
在感灵寺，雪花轻易破解了菊花的智慧
尽管谶语都是金黄色的
它还是分娩出身体里的白

完成千万次的轮回
还是无意中，辅佐了一只鹰
完成了两千多米的抬升

九

在微信上敲出："太阳雪"三个字
我震惊了
仿佛一条河流，有了摆动的欲望
仿佛一部长篇，有了布局的冲动
仿佛，太阳和雪，就是一场梦境

——意念如此广阔
这些坚硬的石头
现在，从感灵寺出发
在心底，完成一座庙宇的奠基

十

雪花是天空的落叶
天空这棵树太高了
叶子落下来需要很长的时间
直到感灵寺的经声抚平大地
它才轻轻
降落人间

苍山如弓

大巴山经过亿万年，拉弯了一把弓
这些年，我始终在这张弓上行走
峰峰岭岭，不过是射出的弹丸
汉水和嘉陵江合成一根弓弦
弦外之音，无非是红叶红了
水青冈的根茎
暴露了内心桀骜的寒冰
西北望，秦岭像一堵墙
挡住了无数的箭矢
横断山，又成了隔岸的火光
中华版图中间，一把弯弓
矗立在大地中央
无意间，竟锻造了一根脊梁

林 间

鹅掌楸、光皮桦、山荆子、南江枫杨

连香树、茶藨子、山毛榉、巴山榧、领春木

知道它们姓名的，我向它们点头致意

更多不认识的，我投去注目礼

清晨，阳光刚刚推开梦境

它们就自顾自地开始了晨颂

错落有致的林间，有精密的系统

也有轻启的门扉

我走走停停，不知自己是一株新植

还是空中掠过的一声鸟鸣

草　地

宁静的草地倾斜如一对翅膀
身上的花朵是斑斓的装饰
飞来的一只蝴蝶
似乎可以匹配这孤绝的美
但接着飞来的另一只
把草地，又还给了草地
是什么传递着
飞翔对停歇的迷恋
风，无声地穿过了它们中间

桃园三叠

一

不仅是雨后，流泉亦可潺潺
初晴，瓦檐当然也可覆上轻雪
不仅是远行，繁花灿若云霞
青山绿过眼眉
还乡，瓜果飘香，江村横弹流岚
新居错落成阵，旧宅仍可成韵
小桥、流水、竹篱
仍储有童年的萤火与蛙鸣
蜻蜓与蝴蝶是老相识
它们都是时光的代言人
在古道上抚琴
一切新生都有迹可循
只有草木不问人间的冷暖
一年绿上一回
像我们出发，又归来

二

秋水澹澹，我也有诗句流出心田

萧瑟的可以是大地

阴晦的可以是天空

这些人间寻常事，不屑一提

我要御风而歌，将秋水送入长天

我要乘兴饮酒

为诗歌取一个好标题

桃园有旧梦，宣纸上却可以再度铺墨

如果你来，就带一壶浊酒

实在不行，采一株溪涧边的蚕丛梅

来纸上，做个新邻居

为我们的话题

主持一次不需仲裁的调解

然后，看她对我们颔首微笑

仿佛花朵经由了我们

获得了重新开放的权利

三

我们之间隔着时空，就像

宴席上，隔着突兀的餐桌

到来和离开，构成直径的两端

我们互为距离

欢笑与忧伤，那么快地

分割与合围

像一张纸，聚和散之间

竟有了如此多的

疼痛的空白
仿佛天青色的烟雨
无处落笔与栖歇
罢。罢。罢。我邀请光雾山
和你，在桃园，再一次结义

注：桃园，现为光雾山镇。

彭家坝

能在光雾山找到称为坝的地方，简直
就是奇迹。仿佛神最终没能遗忘

人间多了一处烟火
除星星外，神也因此多了几支火把

桃可以开花，樱可以结籽
河水可以洄流。当然，山可以继续骄纵

"背山的哥哥哟，你可以歇歇脚啦"
柿子林里，可以说说悄悄话

从此，梦境之上，都是云朵
米仓道长出翅膀，青山便可再次飞翔

与友人登燕子岭

那日，天气晴朗。可以到两河口晒太阳
也可登燕子岭，这些安排都很好
两河口去过多次
夏天澎湃一些，仿佛君临所有的河流
冬天退回体内，像一个下山的道士

至于燕子岭好不好，尚待勘视
我怕无谓的造访，会打扰到它们
打扰久居的仙子倒也无妨
当我们登顶，我担心
燕子岭会展翅云天，来去无踪

如果时间充裕，在韩溪河小住三日最好
这样，两河口终日弄琴，互通彼此心意
燕子岭呢，抱在怀里带走
多少年来，迎日送月，实在过于孤寂
不如让它跟一首诗歌，住进一个人心头

焦家河

一

站在你身旁，我成了天空中九十度的倒影
像雨一样，有着垂直的偏爱

睡在你身旁，我成了一条流动的鱼
与你有着平行的亲密

在焦家河，雾掩藏了缠绕不清的前世今生
我们要在彼此的身体里找回自己

我归还你流淌，激越和开阔
你回赠我淡泊，从容与宁静

二

这次我是专门来写焦家河的。卿，开船吧
你说，古代，在桃园出门都要启桨
想想也是，桃花流水，送过多少仙客
现在，我们坐船也可

当然最好是小舟

焦家河覆盖了多少溪流和水巷，已不清楚

只有水的汇集，从古流到今

水啊，荡平多少岁月和坎坷

才成为今天的焦家河

仿佛我也是很多古人的集合

代表他们巡视一下曾经爱过的水流

卿，你与焦家河一样。我分不清

哪一部分属于过去，哪一部分又属于将来

三

也许是停驻在焦家河畔的缘故

听过她太多的流淌

我的关切不关痛痒，却须臾不可割裂

如她忽有一夜，不再歌唱

我竟会站在凌晨两点的岸边

听她是否会有安静而匀称的呼吸

我担心，她是否会被岁月沉醉

是否，会被浩荡的水波湮灭

是否，会被一座硬森森的桥

绊倒在晚风中

我担心，明天醒来

她水做的花朵

是否遭遇过这暗夜深重的霜露

四

银河荡漾，红花浮流水
月亮船，有了欸乃的轻摇
鹊桥上，行走着如兰的金风
玉露生辉，织女心蕴晶莹的珍珠
牧牛郎，爱情永无止境终成神话

坐在焦家河边，就坐在银河身旁
万物皆有神性，并且通心
日月洗影，星辰荡波
我乐于做鱼，成鸟
人间即为天上

五

此刻，坐在焦家河身旁，内心安详
思想从河上升起薄烟
我听到河流在左冲右突
在她的波浪下面
有一些东西，按压不住

其实，早在多年前
就有人在黄河和长江边思考
那些思想的波光，纷纷上岸

化为了千年的灯光

现在，我只不过是回到她的支流上
把这些奔腾和不安的水声
还原为人间最美的诵唱

两河口

你曾是焦家河和韩溪河上把守的重兵
千年之后，你就是盼归的秋水伊人

李义山走后，你仍在风中独守
绣楼已空，你仍在浪尖诉说

生一圈年轮，就长一个心结
伸一片枝叶，就开一瓣心语

现在，河流虽然是古老的
浪花却是新鲜的。像你为光雾山
守住的爱情，和细水长流的烟火人生

感灵寺

你的画册里，感灵寺像一部童话闪闪发光
最美的花朵，属于寺院
最欢喜的佛，安居童心

我只是一瓣散落的闲花，在寺院的泥泞里
打坐，诵经，念佛，被踩踏，误会，推揉
经历锥心的疼痛，与磨难
我接近一朵尘埃，就接近一朵完整的花骨

我必须从凋零走回盛开，从盛开走回蓓蕾
最后走回萌芽。仿佛由死向生，由终至始
就像，我只是第一次遇见你

花开见佛，所有的许愿都不能开口
似乎，唯有寂静，才能听清心上的期许
唯有缄默，才能守候所有的花开与花谢

而我只能在你的画册里，完成对感灵寺的
重建。就像，寺里的花，历经
千年的香火，历经你精心的描绘，和安置

米仓道上

一

米仓道，连接昨天与今天的雨幕
雨幕里有落花和断琴

风是一个外来者，力道能透纸背
冬去春来，无非纸的两面

落花给断琴上色。我又岂能半途而废
风吹雨幕，是通天的新曲

二

喜欢"米仓"二字。如果它可充饥
童年的炊烟就会弥漫一些
连环画和武侠小说，会消弭刀光剑影

"道"却有难言的辛酸。鼓角争鸣之后
更多的是贩夫民工
驮运盐和茶叶的马匹，叮叮当当

唯有道上的幺店子，是温暖的栈房
幺妹的腌菜和白面馒头
是命里的月亮和星辰，足以抵抗疲累和哀伤

三

心高无尘。而生活深处的丛林
尚有人迹

出山。进城。背二哥仍在生活深处
攀爬钢筋水泥森林的峰峦

走失的米仓道，在青筋暴突的腿上
尚有清晰的遗迹

飞云栈道

所谓的栈道，不过是一座桥

从地上托到了天上

现在，我是桥上一片飞云

与群山做成的经书

签订备忘录

我去书里参禅，它来人间久住

山中的花草，可以慢慢长成汉字

它们均有灵性，稍加点化

便可增添仙气

至于清风，是千年老茶

权且做个信使

在经书与飞云之间自由穿越

截贤驿

行至此处，被"贤"字所截
不由心生惶恐
胸中万卷兵书如涓涓溪流
月亮才会紧追不舍

没有"贤"字的韩信
被萧何的月光截走
米仓道的草木
一路相随，成为将军的利刃

水在水中筑坛，将寒溪拜为韩溪
千年来，驿中的月亮
替一个人追赶
又替一个人被截

"截"字性硬，而"贤"字
不过是一件外衣
三千功名，不如溪水重情
驿站外，月亮和韩溪仍在对弈

樱花河谷

其实，可以叫野樱谷了
我来的时候
樱花正盛，不过可以看出
它已经和野草打了多年交道
因为从前没遇见它
它也就不会和春风一起笑我

是不是走到谷底
就会逐渐野起来
我说的野，不是野蛮的野
大概就是原荒
大概就是自生自灭的那种
——是谁曾经那么爱
又把爱独自丢在了山谷

韩溪河

一

风吹河谷。河流依然静居低处
河谷里最先填满了早起之风
卵石在更低处打坐，如几尾游鱼
似风入水中，趁势修心
如水行风中，为涟漪迎娶功名
风飘荡起来，扶摇直上，好像无事生非者
借水起烟，借河扬帆

风吹河谷。万物萌动而隐匿
我如一滴无踪之水，绽开又走逝
又似一缕无凭之风，吹过又吹回

二

与一条河同行，是一种机缘
仿佛我们互为彼此
阳光可以把水汽化为七彩
风也可以把波光吹老

前路一样会有预料的跌落、升降
但改不了的旧脾气，依然缓缓奔腾
这些都是次要的，重要的是我们都明白
即使含沙，水一样走远
即使时光停滞，也要裹挟一些毫无意义之事
如此刻，我已化为一滴浑浊之水
而水上岸，一样保留浑浊的式样
我和河流，都增加了一份重量

三

时光喜欢走水路
这样，她可以奔波不老，随影赋形
河流，自然成了一件巨大的容器

平静时，它像一尾鱼，缓缓游动
托举人间的烟火、渔歌和晚唱
像一面镜子，映照出两岸的繁华和靓丽

跌宕时，她玩着潮汐的游戏
炸裂，破碎，一泻千里
如一个顽童搅动着瓷杯里的饮料
冲击，内卷，自我捣毁

一件容器，可以把玩千年月色
可以涵盖悠悠古今

这奔跑的易碎的容器
我担心，在追赶和呼唤中
会突然一个转弯，从视线里陷落

四

此时，在林间，水亦安静
阳光普照万物
像母亲喊醒早年在瓦屋里的我
阳光不改初衷
母亲依然是一条大河
岁月虽已冲走了她的韶华
她不停歇的爱，却比浪花还多
现在，我是一条小溪
从母亲身上分娩而出
我要学会奔腾，学会把林间的万物
扑上潮湿的新绿

五

其实，河流在这里并没有转弯
是我们相互携带的细雨
让它有了转角的弯度
我不得不承认
你的笑容还是二十年前的
这朵浪花的不朽

折抵过多少鲜花的坠落
挥手有时候都来不及
像我们闭口，绝不提从前
就如我们身上这些细小的雨滴
历经了多少尘埃
最终汇入了这一条
我们谙熟于心的河流

六

干净在此回家，尘污在此还原
奔忙的人，在溪水里清洗
捧起你，就会重返自己的宁静
放下你，又担心再次染疾

蓝天的眼，在卵石上闪烁
我只有流下泪来
和你的澄澈同生共死
白云透析心事，往事透析魂灵
安静透析尘躯
至于未来，历历在目
也在卵石上闪烁

那一瞬，停住了风月
停住了视线，停住了牵你的手
停住了人世的辗转

在你的怀里，没有念想地归去

七

我们都停下来。像一个日子突然
被地球和月球停止了转动
我们彼此凝视，互为深渊
曾经：白塔、帆影，甚至鹤的飞动
或者芦苇无节制地生长
都是你繁芜的心事

现在，你仿佛都在与它们告别
甚至与自己的流淌告别
只为起身向我的停驻，深深问询
像奔走的中年，突然遇到的晚风
轻轻拍打故人的肩膀

你浩荡的水波浮起缥缈的梵唱
其间，似有小剂量的呜咽
而我内心波澜不惊
也有一条河流，在无声流淌
你立起身来，露出九十九道沧桑
露出九十九道磨砺与坚韧

伫立良久，仍看不见你的深渊到底有多深
看不见，你的幽长到底有多长

甚至，看不见彼此的影子
只有你无底的暗色，汹涌
闪着幽蓝的光
可以了。我必须上岸
站成一座与你为敌的桥
横截你铺天盖地的流淌——

没有什么时候像此刻，我那么渴望
知道你的籍贯、乡音，甚至乳名
我终将逆流而上
终将为今夜的缄默付出代价
终将为你的九十九道弯
收复激荡的哨音，和无边无际的月色

龙潭瀑布

水可剪径，龙则沉潭
从两千多米的光雾山巅
携来的是云、雨、虹、雪
它们都是水的组成部分
或者光的变形
像一面山在暴走
又像一坡树在冲刺

天空助力，大地吼威
我伫立在潭边
不是对潭的幽深感喟
更不是对瀑的雄阔牵魂
而是对它忍不住的咆哮，致敬

十八月潭

仙女潭、绿岛潭、玉兔潭、雄鹰潭
回龙潭、玉叶潭、五彩潭、宝石潭……

不仅是水跟着月亮，月亮也跟着水
月亮还是那一轮。潭啊，却留下十八个

是否一样的水，跌落十八次
就可以弹出：高山流水

是否，星星亮开十八颗
红叶就会私奔

是否，我们来光雾山十八次
就会成为仙侣

天然画廊

水青冈将心中高洁的红，托举到蔚蓝的
天宇之上。惊艳在这里恣肆
赞美在这里无羁。树叶和人，互为精灵

人间不是无白可留
常常，我们欣赏一个俏丽的身影
不及一角衣袂，在眼底摄魂

尘世丰满，不及神的半缕云彩
也罢，就此打坐
完成一次对自然的皈依

牟阳故城

把杯子举起来，是最容易的
没有听到"咚"的碰撞，也不意外
相对而言，把杯子放下去
是最难的
千曲已操过，像心里的苦和暖
延绵不绝
乐曲不是最终的
你的笑容有些迟疑
现在，我们互道安好
杯中，泪水和甜在缓缓抬升

大小兰沟

一

浅浅的水流，放逐叶子的翅膀
折转千回的波纹，是一面古琴
无声地带走细密的光阴
我曾努力涉过的忘川
依然无法安放你午夜的泪水

是的，彼岸面目清秀
红叶做的小船，已登上树冠
原谅我，即使神力无边
依然无法
将你从五彩的山中，独自带走

二

一条溪流的大起大落与百折不挠
是无法言说的过往
大小兰沟用荒芜的水路
为我们释义人生的羁旅

浪花堆积的絮语
为疼痛的尘世疗伤
秘境里澄澈的波光
将坎坷滋养成丰茂

我们终究可以从她身上领悟到——
没有跌宕过的浪花不值得奔跑
没有被艰辛治愈过的河流
不值得配备远方的马匹，和风铃

三

溪水不停止叮咛
我的内心就无法按住波涛

我不知道它们去向哪里
我又能跟向哪里

有时它们流到地底
我就得到了先祖的秘籍

有时它们流进我的身体
我就感到自己被涤荡干净

有时它们流到天上
我就成了一片飘飞的白云

四

水扶着水，过着小日子
从容地骑着春风的车轮，一路奔向远方
爱叠着爱，相互映照，静静地倾听彼此的声音
你映照白云蓝天，我映照绿树楼台
欣赏各自的位置
偶尔搅碎眼神里的光和影，像一串欢声笑语
贴着阳光飞
风驿动的心事不会担心传染
雨丝飘摇无依，紧紧抱在怀里
像儿女，有一些叮叮咚咚的絮语
天晴起来，也会哗哗地吟唱
水鸟把她们奔跑着的名字
从水面衔起，沾满麦浪稻花之香
染透青砖碧瓦之烟

五

年年去溪谷，它都没改变
春天花满蹊，冬天又将雪花开上枝头
我偶尔去远方，带回风尘和白发
唯有溪谷，若无其事
葳蕤与凋谢，都无法阻止流水远去
荣枯就是一次昼夜更迭

芦苇、白鹤、野鸭，看不出历经生死
在溪谷面前，我无法流转
唯有蹉跎，可以与之匹敌
但它更讲情义——
来了，赠我一面镜子
走时，又送我一片星云

普陀村

将普陀用作一个村名，可能是最小的
普陀了。将普陀安放在光雾山中
可能是最偏远的村庄了

然而，它一样开白色的花
像光雾山的光和雾
最后，将花开成一座山了

石片盖的房子，也成了一朵小花
人在花中普陀，星星落地
也开成花朵

最野性的，还是群山，它们四围站着
将普陀村围成花心
天空，就成为一片花田

最深的涧，无法到底
只有狭长的澎湃，来自胸腔里的长河
大地多么需要一声长啸

风是终生的布道者，在大地与天空行走

人间被它紧紧护在怀里。像光雾山
紧紧抱着普陀村，像我轻轻捧着光雾山

万字格

当我写下万字格，就是面对光雾山
写下敬畏心

人类的足迹似乎没有到不了的地方
但鸟都到不了的地方
就让它成为净土，划为禁区

万字格，别怪我至今还踟蹰不前
我只想替光雾山守住，最美的秘境

在玉泉，听一径水流

最初只是一滴雨
只是不拒湿气的一蓬草

最初只是一条小溪
只是不拒露珠的一株高枝

我要怎样才能找到你啊
瘦弱到虚无，虚无到悄无声息

在玉泉，你最多被赋予泉的名称
而你竟然会成为一条河

成为养育我生命的母亲河
成为我身体里的一副骨骼

山月与荷塘

我们之间连着一片水，一片月光
准确说，你在清华园的荷塘
我在光雾山月色中央

荷塘之所以令人向往
在于她有朱自清的月光
更在于她有莲花，盛开一池清香

光雾山的月光，洇染着李商隐的巴山夜雨
比荷塘的更为古老。这倒无妨
只要有了月光，人间都会活色生香

我的心是一小片荷塘
光雾山与清华园是彼此的远方
月华与荷花，便在归期里守望

光雾和谷

把寨坡移到时光深处，光雾和谷
就开始跌宕起伏，情丝婉转
野柿子、山葡萄、落叶桦
与钢琴、萨克斯、尤克里里，声波交换
吊脚楼、秋千架从旧影子里站起来
眼波里横卧着海拔 1200 米的安详与闲适
我们就认出了走远的自己

牛哞、羊咩、狗吠。它们
一个衔着一枚大坝的红叶
一个唤来两片米仓道的早雪
一个叼住三朵玉泉野樱花的春蕾
季节就在宽广的露台上打了 360° 的转身

从此，这里只出产新的山货——
宁静、秀雅、温馨、和美，与安康
神仙完成了到人间的搬迁
天空投靠大地
南来北往的云朵，和我们，成为新邻居

蜀门秦关

千年以降，你多了些安静
似与帝王毫不沾边
但气象不改，平添了几许烟火之气
仿佛散入寻常之家，或早已落发为僧

这样最好，我一介书生，出生陇亩
破门登关，也无意遭遇汉王
更无"西北望，射天狼"的奢望
只有诗书不断扩张
仿佛与李义山的"巴山夜雨"有些通病
与陆放翁的"长天秋水"有些共情

原谅我，回身一望，俯瞰长江水
也没有万里归一的豪迈
此时，我倒懂了汉王
他纸上的江山，被蝴蝶翩飞千秋万代

我是后来之人
刀光剑影，化为两滴墨汁
一滴在秦关，洇染江山
一滴在蜀门，铺卷云岚

神话，或关于巴峪关

一条幽径，被两双重叠的脚印
在一个时空绣出无尽夜色
我们谈起蒙毅和玉漱公主
一座石屋，还似千年前一样安详
就像我在你的微笑里
发现过自己前世的影子

一座古城，所有弯曲的水
都不及我的拥抱那样深刻
天空洒落轻轻的雨花
也不及你的眼泪深深打动心扉

此关之上，无论走南还是闯北
你都是我最初遇见的女子
千年劲风吹拂巴山
吹出一条只容两人比肩走过的小径
我与你，从此不允许接踵而过

第二辑

红叶迟

与花草对峙

水金凤、杜鹃花、风车草是一种
天门冬、佛甲草、威灵仙是另一种
波缘凤仙、马蹄草、毛杓兰不甘落后
白纸扇、青荚叶、重楼、漏斗花还在举手
……

在光雾山，花草是低处的山峰
我叫不上她们的名字，她们就像山石一样
与我对峙。仿佛我不喊出她们的名字
她们就会一直和我胶着
直到盛开进我的身体

如同，我有光雾山一样锦绣的山河

落花，悬而未决的美

在光雾山，每一朵花都有
从枝头蹦极的勇气

陡峭的高度
是她悬而未决的美

五月，不是注定的归宿
花朵收起小伞，将心归零

这转世的预演
巧妙地转动了，季节的门框

香炉山·杜鹃

一

一定要等到五月
香炉山在杜鹃的花朵里建好了寺院
白云才袅袅腾上青天

一定要赶在日出之前
香炉山的雾将高天与溪谷连为一体
才能邂逅杜鹃花的梦境

一定要守到月落星沉
人间才会被花香抬上山顶

二

如果一个人，没有在内心修炼一面绝壁
登得再高
也看不到花朵里的陡峭

如果一朵花，没有在内心供奉一片天空

开得再美

也始终无法转世为云霞

在香炉山，我和杜鹃都心生慈悲

它赠我一片陡峭的天空

我敬它一面宽阔的绝壁

三

如果一定要拔地而起，那就从

悬崖出发

花色决胜红橙黄绿

气度却只有一种

铁杆上绣花，云朵上着色

不是炫技，而是走钢丝

沿着云做的天梯

直到将人送入仙境

直到将人在天上变出一朵花来

野樱花

不知道你是否只属于光雾山
但只要在朋友圈看到你
便知道，只有你
最早捧住从天而降的春天

不知道你如何度过那些孤独的季节
如何穿越渺茫的宇宙
又如何忍住枝头的冰雪
才把大地的温度传递到每一朵花蕾

站在你树下，我也释放了体内的
寒冷和冰雪。和你一起
开出满树的花，都是对人间的抒情

梦花树

你最不能忘的，是十年前我站在那株
梦花树下，给你发的那条信息
那是早春二月的节日，花醒来
云醒来，阳光醒来
爱情也像鸟一样，醒来

十年了，你一直难以忘记，嗔怪我没有
保管好那部手机
手机里有那样一个时刻
定格了梦花树下，我丛生的爱意

我不知道那株花现在开着如何繁盛的花朵
我只知道，从梦花树下离开
我便成了你的诗人。所以
亲爱的，不必为丢失在旧手机里的
那条信息发呆。我带你
再去二月的梦花树下
问她，十年了，我为什么从未停止歌赞

水青冈

你是另一个纪元。一种树躲过时间的
砍伐，又躲过地球的变迁
从白垩纪到冰川期
恐龙都失踪了，而你穿过时光的暗道
厮守在光雾山
奇迹只为了证明：水青冈
可以让巴山巴水
大隐，隐于崇山峻岭

米仓古道上，你不必来回奔波
坚强地屹立，就成秘境
由此，来光雾山的人，就能一生参天

红豆杉

跨过冰川期，才与你相见
这一等，就是百万年
果子的确应叫：相思籽

一棵树承担起爱情的重量
才能让我们长久地相望

米仓古道上，你不用回南国采撷了
也不必到北方找寻那个传说

只需镇守住内心那一小片浓荫
从此，我们便是一粒新种
或者一棵不再分开的树

蔷 薇

四月。你说，光雾山的蔷薇花开了
并从微信发来很多美图
说真的，蔷薇开得特别漂亮
但我有落寞的感伤
我没去，花自己开了
好像它们只听山中的风
和你的呼唤
而我，像你看不见的花
没有你的允许，开了，悄悄又谢了

紫　堇

楚葵、蜀堇、苔菜、水卜菜，是别名
像孙梓文是我的笔名
这些都不重要，重要的是名字有多种
我们还是我们
在光雾山，我不断遇见你
不停地叫着你的名字
就像念叨至死不渝的爱情
至于偶尔陷入沉默
那可能是，我暂时止住了内心的狂热

在一株马鞭草前驻足

认识一种花，像遇见一个人
一切都是最好的安排
你穿着紫色衣裙
和它竟然是同样颜色
像有着不谋而合的心事

它不是薰衣草
只是一株我注目的马鞭草
这里也不是普罗旺斯
只是一片我爱着的山野

我遇见你们的时候，你们都开放了
绽放在云天之上
脸上有雨滴，眼角有泪珠
我的陈年旧疾，慢慢消隐

现在，我要成为你们——
花一开就是我们
我们一开，就是整个世界

在月琴坝，遇见婆婆纳`

他们说，你是一句咒语
我看见你的时候
你闪着蓝色的眼波
长长的睫毛，一如毛茸茸的季节
喜欢星星点点，然后突然炸开
像极了一位女孩偶尔发来的表情
代表什么呢
什么也没说
却像繁星，落在心上
那么多的甜，那么多的蜜
或，那么晶莹的蓝色的情思
春天将你捧在手心
竟有一种握不住的轻盈

花·树·人

没有片刻时光，属于我与四照花
或灯台树枝叶间的凝眸
仿佛风声送走的只是风声
四照花四下无人
灯台树也不为人间提供一盏灯光
花是花的自己
树是树的壁垒
我只是一个过路人
你们不必因为我的经过
装作互不相识
我只想取走四照花那丛新蕊
让她自由开放或凋零
灯台树啊，请不要再让古道走失

七叶树

筛下一截婆娑的月光。沁凉的音符
拨动了时光
梦中的眼，一张一翕
在轻风中，亮开鲜明而真切的触感

吐出一寸笑靥，蘸着整个春天的光
圆锥花序，像灯烛高举
不道苦寒，只扎根寂静的山岭
绿色枝叶，轻拂宁静的山野和村庄

在大坝，与一棵古树对话

在你面前，我不过是翻新了几十年的
叶子，再次回到枝上
又像一朵新芽，萎谢了又初开

白云抬高了轻风的鸟鸣
山岚降低了野草的卑微

寻根吧，大地广袤无垠
追问吧，天空浩瀚无边。古树啊
从此我不再环顾，自己的去处和归路

蓝雪花

蓝，穿透了我一生的时光。你在风中摇曳的
那份俏小，扶不住心肺的低唤。蓝雪花
雨中，你蓝色的眼泪将一生的故事全部倾泻
以至于我在你蓝色的目光下无处躲藏
致命的疾病、忧伤，瑰丽的爱与幽怨
被一丝丝细雨拉长

在光雾山，你等我好久。而今
就让我全部的情感和梦幻，都在你身旁种下
种下幸运的相逢、低叹、私语，以及晚风中
悠扬的歌声。爱与梦，情与怨，虚与幻
以及命定的风雨兼程，都在远方的远方

蓝雪花，此刻，大地低垂，清风远去。我的
风衣里，都是给你的词句。它们的温度
漫过我的眼神、骨头，和年轮
捂热你在山岭之上千年的等待，千年的情思

阳雀花

金色的花朵，渲染春天
娇艳与安静，是何等奔放和内敛

你播下阳光，母亲就用乳汁和泪水
浇灌贫瘠的土地

今天，在春光里相遇
仿佛闻到了母亲的芬芳

白发苍苍。她一样芳华
而今，和郁郁故园一样令人神往

不谙世事的孩子，一边抱头痛哭
一边焰火般歌唱

报春花

梦中，总是跟随你的步履
月亮树下，溪涧轻风里
讲述前世的甘苦和哀乐
我看见你婆娑的话语
汇编成一本厚厚的童话

你总在繁星点点的夜里
将艳丽的纱裙
袅娜成童年的快乐时光

而那低调的花香
一直浸透岁月的风霜
从当初的山寨到繁华的城市
吻遍我跌跌撞撞的脚印
开得缱绻缠绵

和你聊到光雾山的野花

一

是的，在都市的一间茶舍里
我们突然聊到光雾山的野花
此时，它们的耳朵
会不会发红，发烫

有烛火的夜晚
妈妈会给我们摆谈亲戚朋友的事
她会突然停下来——
他们的耳朵会不会发红，发烫
知道我们在念叨他们呢

现在，野花会不会也是如此
知道我们在千里之外
给它们命名，赋诗，画肖像

二

光雾山花开，馨香一夏

仿佛一次盛开

就足够我行走天涯

花朵绽放，温度穿越时空

即使秋来冬往

即使春天反转

都可以说，良的花，又岂在朝朝暮暮

夏花灿若云兮，有蚀骨的伤

那些错失的季节，已浪费了太多的光阴

何况一生很短，不够我爱你每一种颜色

三

每朵花，都是一张太阳的脸

夜里，它们是下凡的星星

清晨，当一个人从花下走过

在哪朵花前驻留

好像早有安排

有着不可揭示的迷局

绚烂与顾盼

为我们打上了，深深的死结

四

是的，我们重新认识每一种花树

像她们第一次认识我们
娇嫩的花朵，纷纷吹落
我们捧起来吧，像捧回失去的日子

红的、粉的、白的、紫的……
水青、香果、山葡萄、灰叶稠李……
花朵开在山峰上
山峰就有了飞翔的翅膀

嘘，悄悄告诉我，每一朵花的名字
每一棵树的别称
悄悄地，不要喊醒她们
让她们专注于开花吐蕊
天空和大地，一个是父亲，一个是母亲
他们的表情，含着糖分
跟我们此时，多么相似

五

一朵花，回到一丛花
叫声是清脆的

一粒雨，裹着一片雨
呼啸是奔放的

一只蝴蝶，飞入百花之中

却隐藏了翅膀的轻颤

六

一坡花，覆盖交错的山径。花朵细小，尖锐
像是掩盖不了的小性子
云朵停不停留，也无动于衷
甚至能否招蜂引蝶，也无暇顾及
就连雨水是否偷袭，也毫不在意

一坡花，像一汪眼泪，无人认领
一坡花，像江水抱着石头，逐渐走成陆地
这使我想起年少时那些人和事，已不知所踪
如此时，在光雾山，我已无路可归

藤　蔓

传奇，神秘。甚至曲解和夸张
深山，是解不开的疙瘩
牵萦林野，还有雾与云朵

手与脚，开始疯长
撑开时空，系挂幸福和忧愁
系挂梦想与彷徨

是否，一定要拴住某种风景
这林深之处和肉身之上的绳索
遇见你，结就松了

树精帖

林海深处，雾气浓重，林涛阵阵
感觉自己也成了一棵树
与它们枝叶相扶，吐气如云

想到小时候有段时间
天天做着一个怪梦——
进入森林，不愿醒来

后来，一位阿婆摸了摸我额头
说是被树精缠住了
她猛地喝了一大碗水
口中念念有词
突然喷湿我全身
说是从此解除了树精对我的纠缠

时隔多年，我仍耿耿于怀
阿婆怎能轻易破除我与树的关系
树当年纠缠的，不正是一棵树吗

红叶迟

一

在你经过的那条开满红叶的路旁
无人走过，其实她一直红着
藏在欲滴的脉络中
梳妆，描眉，捂住心跳，屏住呼吸
生怕这样的红
留不住你温暖的视线
当你走进她的绣楼
她便在你的怀里与梦里
醉了，酥了，红了

二十年，倏忽而过
从莽莽巴山一直蔓延到长江尽头
你像那片最红的语言
驰骋在我内心寥廓而赤诚的页面

二

秦岭和巴山是一对翅膀

驮起彩色的叶子
成为五彩霞光

八百余平方公里的红叶
一统江山，磅礴成势

心形的叶子成就了大美
人类就比照红叶的模样
确定了心的形状

从此，星辰也成为红叶
闪耀天空之上

三

疼痛超不出身体的边界
死亡只是死亡自己的事

这些，对光雾山红叶来说
都不适用

她飘散于江湖
我们，却在枝头重生

她在秋天远去
我们又在春天重逢

四

先是秦岭绵延，接着巴山起舞
但我仍然迟到了
时间因我而变形
仿佛我只是群山中的一涧溪流

是的，我哭过，歌过，祈祷过
但我仍然无法为迟到赎罪
相比太阳和星辰
我是一位蒙童
相比朝晖与晚霞
我是一个过客

唯有红叶急迫
年复一年地追赶
原谅了我
仓促而卑微的一生

五

一枚叶子，不经意的回眸
已是一片沧海
我是一滴独自上路的溪水
或一滴静静流淌又悄悄风干的泪水

只是，我心中的热血
始终没有停止燃烧
包括焚尽我自己
一如红叶，最终的绚烂

六

这些年，我一直在向红叶学习
学习她待在光雾山亿万年
独自绿了，红了
即使你不来，她也红
现在，她大红大紫
红了也仅是红了
哪怕你为她羞红过脸
也学习她，每年复活一次
像活不够自己
如此，每一次来看红叶
我都感到，不是她在低头
而是我，在深深地颔首

七

梦中，你一定在一枚飘飞的红叶中间
而我可能是你视线中最边缘的一枚

我的心也可能是你在大小兰沟都没有
找回的筋脉依旧的红叶

我请你，将它夹进那本青春做的书页
封存记忆，一生保鲜

八

一片叶子，就是一片毛茸茸的时间
它们都曾住在树梢，占据着
人间的高处
叶子落下来
时间却打着旋儿
仿佛叶子还在飞翔
现在，我们也参与进来
这多出的叶子，一生都在
练习飞翔，替林间守住永恒的安宁

九

此日，雨歇。无风。天凉
万物有着沉寂之态

像经书之诵
逐渐归为平缓

路上还少一个行人
红叶，加入了他们

十

"5A"以后，光雾山的红叶，可称"国"红了
你说红叶还是那些红叶
原来没有"国"字
它们依然红，透彻地红，劲爽地红
壮观地红，不胜不休地红
"国"字在心中就行
就让它们继续红，年年红，千秋万代地红

但我还是邀请你，在它成为"国"红之后
你再来
名中有"国"字多好啊
比如我，一生都在寻找那匹从月光之下
脱缰而去的野马
我相信，你来了，野马驮回的红叶中
一定有一枚是你

这样，"国"红就是一小片红，小到光雾山红
小到一枚红叶的红
小到心坎上那个含蓄的"红"字

识花君

识花癖，你我皆同，但你可称老师
指认花木，娓娓道来

仿佛手指处，有盈盈暗香
亦有芳名，点亮荒原与野渡

这一片群山，经由你的指认
也开成花朵，抵达天空

风雨人间，是另一种花朵
你指认它们，像和故友招手

桃花的杯盏

不用桃花的杯盏盛酒
春意太浓，月光一醉
时间就更娇媚了

只用春风的柳梢，在梦里一拨
水便生香，桃花的杯盏
便倾泻出，握不住的温度

不必担心，地老天荒后
桃花的杯盏谁来搀扶
只需借给她一二诗句
她便不会醒来喊痛；便会慰藉
再次聚首的芳菲人间

一声声鸟鸣，是我崭新的拼音课

一

这鸟鸣，是复诵、合奏、大合唱
有着花粉的味道

春天适合这样的音节
这样的气场和气象

一个人住在牟阳故城的旅舍
内心仿佛住着百万大军

百鸟齐鸣，天空和大地纷纷退开
时光纵横无涯

二

从大坝，经桃园，去十八月潭
常常走在一片绿荫下
鸟儿们住在树巅
与我各据楚河汉界
如果旁若无人，大声喧哗

它们便视我为外敌
纷纷寻觅另一片天地

只有保持谦恭之心
不打扰树上每一片叶子
我才能成为鸟国的臣民
一声声鸟鸣，是我崭新的拼音课

三

也许，八百多平方公里的光雾山对鸟类来讲
仍然不够辽远，但我们都在一片天空下
感谢伟大的祖国，给了我
九百六十多万平方公里的国土
但我每天，依然以一个叫巴中的地方
为圆心，左右腾挪
仿佛，一万二千三百平方公里的土地
就是豢养我的家园。我可以在这里
心甘情愿地为巴河歌咏，为巴山行吟
这些虚幻的事物，最终在我内心
找到了一处没有栅栏的山水
它们流淌，可以穿越
它们停驻，可以不息
仿佛前生的风云，在接着吹拂和飘荡
仿佛，千年后的花朵
遇见了你我，就会在一场雨水之后再次盛开

萤火虫

难以在一朵宁静的花瓣上
逐水而居，娶妻生子
为黑夜配上一对明媚的翅膀

嘹亮的火焰
蓄满了太阳和星辰的能量
世间万物，从此学会自带光芒

大地之上，河水流淌，树木葱茏
翅膀驮起黎明之光

萤火的温度，相互撞击
跋山涉水的人，就能照亮胸膛

让落花抚平你坑坑洼洼的鸣叫

一

蛙鼓轰鸣，而流水无声

都有一面鼓

一个白天潜水，夜晚金戈铁马

一个敲击月亮的大鼓

如捂住自己的波涛

蛙鼓啊，我披衣坐起

让落花抚平你坑坑洼洼的鸣叫

从此学流水，大音希声

学月亮，被流水反复敲击

始终面不改色

天生的鼓面，开启静音模式

不等于你没有

流水的陡坎和暗疾

二

蛙声在水草丛里聒噪一片，寂寞被喧嚣吞噬

或者说，此时说寂寞

显得有些矫情，不合时宜
甚至可以判断：蛙们根本不知道寂寞为何物

但由此及上，从低向高，蛙声渐低
高到人头，就有些寂寞可以言说了
人群之中，就有了些流连之意
在不为人知的角落，落地开花

如果再抬高一点，高到云层，只有几缕云影
一片月色，寂寞孤清的背影
就显得更加深沉一些了

高是寂寞的绝命词，也是寂寞的曲牌名
寂寞在高处诞生，越高越寂寞
也在高处显影，越高越无形

由此，我懂得了月华清冷的容颜
但我不想送蛙声上天
在光雾山，这高低错落的人间
寂寞不高不低，正适合聆听无寂的蛙鸣
也适合朗诵无言的月色
然后以之当酒，长鸣当歌

三

有着自己的音质和速度，抵达我时

有喜悦、惊恐，或悲叹

将它扶起，又像影子，倏地消失

于是，回响在记忆里反复播放

仿佛我是声音的磁带

有着母性和耐性

手掌轻轻一抚

恐惧和哀哭就会成为过往

空阔怀抱，敞开无边的喜悦和平静

慢慢与时间相互确认

皇柏林

没有因为不会飞翔，就失去了天空
没有因为不会奔走，就失去了远方

仅凭这一点，你就是我的皇
我就许愿来世成为林中的柏

前世，我可能在米仓道上走过多少来回
你的荫凉，抚慰了我的疲累、失意和仓皇

是的，不会因为皇令栽植就会保留千年的莽苍
而是有多少仓皇，才会有多少守望

也不是要做树中之王，经历的风雨和霹雳多了
才会让刀斧低头。岁月，就是信仰

大道因为远行而不朽
皇柏林啊，一样可以因为驻守而流芳

小巫峡

洛神之美，在诗里传说
为此，我们跋山涉水
齐聚绿荫轻掩的小小柴扉
你惊悸的眼眸波光粼粼
将一片明丽的天，秀美的水
缀上好看的绣花裙

诗心萌动春水，从天而降
汇流成峡，渐至成壑
奔涌出一幅飘逸的行草
拓印上岁月的肌理
吟诵出一曲荡气回肠的诗章

诺水河

一

左手一指光雾山，右手一指诺水河
双手一抱
便是怀里的古巴州了

我想在你巍峨的视线中，攀援而上
与林野抱团取暖
建木屋，读闲书，弄古琴
天上的神仙，悄悄住往人间

我想在你温暖的姿势里，涉水而过
与渔火称兄道弟
养育鹤鸣、笛韵，放生竹筏、月光
烟花三月，不下扬州
光雾山——诺水河，就是
天上胜景，诗里江南，足够我周游

二

诺水河。喊着你的名字

我在你的近旁。像一棵小草匍匐在河岸
从阳光流向阳光，从云朵流向云朵
我的山歌，也随你抵达远方

诺水河。喊着你的名字
我在你的远方。请原谅我贫血的诗歌
跟随你百炼成钢，随风远航

诺水河。何时何地，我都在你近旁
也都在你远方

三

水行走在河谷，金童山的影子平平仄仄
在秀水里做成五色的霓裳
一声山歌，弄疼了山寨少女纷繁的心事

水奔进溶洞，激浪在岩石上叮咛
絮语纷纷溅落洁白的传说
一页页诗句，在暗河里奔涌
喊响了大山暗藏的秘密

水冲开山门，笑语欢歌跌落人间
开阔的江面乍开梦中的神话
诺水的温婉，洞开大巴山勃发的意气
你来，步履轻盈

便走在八千里路云和月之上

四

天地有七窍通于诺水，空山只是一个注解
胸中有丘壑，不过如此
我的想象有万种，钟乳石就有万种
只是我对时间的概念太有限
思接千载的功力远远不够
而钟乳石，借时间的一滴水
一借就是亿万年
这样算来，我借几千个汉字
远远不能与之匹敌
但我内心仍很惭愧
几千个汉字，溶不出一首诗
说明我内心的洞天，还不够大
说明那首诗，尚不足一滴水那么小

银耳仙子

九湾十八包是横卧在天地之间的一处仙境
林间开出白云
陈河，慢慢煨出一锅滋养人间的神汤

能将自己放倒、截断、空心的，必定是青冈树
它坚硬的骨骼，为雾和露撑开潮湿的洞穴

现在，银耳姑娘下凡了
木头就学会了浪漫
让白云，在一棵树上变出万千洁白的花朵

那是她在天上，看到的人间模样
也要它们，一样照亮心堂

汉字里的空山

一

离天三尺三，空山还是空着
空着的空山，住着山
住着白云和蓝天，还住着神仙
这样，空山比所有的山都空一些

我不来，空山一直空着
我来了，空山还是空着
我必须在心中空出一小片地方
让空山自由地空着

空山的炊烟腾空了
空山的白云腾空了
人间安详：花朵、青草、树木、牛羊
像空山一样，自己把自己腾空了

二

这些年，我在你的空里

坐实一枚词语

像天盆里的事物

再怎么荡漾，也比不过

一声鸟鸣，捕捉到草木繁盛的证据

今天，有诗人上山

一样荡漾，仿佛诗书化成了麦浪

我木能上山，空山依然为我空着

这使我惭愧

只好在此结庐而居，躬耕每一个汉字

让它们有好命运——

遇见大地每一朵花开

守护天上，每一片云彩

三

到了空山，才知道不仅竹，山也会空

凭栏间，千仞高山，为谁空

空的地方，适合放歌，漫步，禅定，饮茶，写诗

或者干脆谈情说爱

其实，空山不仅空着，而且一空到底

这点与竹通感

仿佛，天地有节

仿佛，山水无踪

四

不必"落叶满空山"，不必"空山剑气浑"
不必"空山新雨后"
仅这四个词组：空山黄牛，空山土豆
空山天盆，空山战役遗址
空山，我就对你服服帖帖
可以空蒙，可以空幽
可以空旷，可以空灵
甚至，可以
目空一切

五

过了两河口，路开始蜿蜒，山开始抬升
我坐在河边的卵石上
期待一支队伍把我带走
像当年的一支队伍带走茅草屋里的阿黑哥
他在山上拴过马的树
已修炼成仙
今天，这支队伍
不用发给我枪，发一支笔即可
或者一个数字键盘
如果有一首诗，一不小心被我拴牢
像那棵拴过马的树一样

千年以后，被人相认

六

靠近空山的，不仅是山，也有山上的云朵
偶尔有几架飞机，像几只大鹏
在天空寻找当年的坐标

靠近空山的，不仅是山，也有山下的诺水
偶尔有几个诗人，像几只布谷
把空山的原野，叫出一片新绿

靠近一点，再靠近一点
空山就是你我手心的莲花
盛开不盛开，全在
一念之间

七

拜谒空山两次，都未与空山促膝而谈
抵足而眠，填词两首
这次，就应再添一首
三首不作也罢，总要写上三阕：
一阕慰平生
一阕寄苍生
还有一阕

是我，与你共度的

余生

第三辑

风雨慢

夜雨寄

你走后，也把雨带到了北方
有人说，北方的雨是珍贵和稀有的

只有我知道，那些都是巴山夜雨
它一路跟随一路向北

西窗下，花像你离开时一样灿烂
蜡烛之光，像雨一样悠长

风雨慢

河水放空
光雾山露出雄壮的臂膀
她要搂住所有的雨水

你走了
一座山就空了
唯有北风，徐徐吹

这些都是巨大的虚无
像雨水经过我，流向你
又像风经过你，吹向我

山寺经

山有寺，如同人多添一种负荷
山中来人，再一次增加了山的重量
但人在寺里卸下某种东西
就变成一只会飞的鸟
出山时，自己就轻了
作为回报，人将山寺搬出山外
藏于心间
直到有人再来，再归去
山寺也一次次走去和走回
偶尔也有人没有再回去
成为山的一部分
像一只倦鸟，带回了一群白云

光阴忆

坐在贾郭山的两棵树下，看它们

在阳光下诵读诗篇，浑身金光灿灿

有那么一刻，云朵遮住了阳光

它们就荫翳下来

彼此默契地看了一眼

悄悄合上闪亮的文字

相互说着话儿去了

一阵风吹来

它们又用叶子触碰彼此的叶子

偶尔，它们的枝条也会缠绕在一起

发出欢快的呼叫

这让我想起多年前一位同桌

只是，这两棵树始终不会挪移

只会越长越高，互成美景

而我们，却选择

从那张课桌出发，逐渐找不到彼此

风吹尘世

风吹尘世，有微微的晃动
只有连绵的群山
不为所动
将人不断搬到山里，从此长住
配合这人间，书页也有
轻轻地翻动
但它上面覆盖的文字
稳如泰山
好像，风是失散多年的孩子
此刻，正被它
紧紧地，抱在怀里

演 习

一滴雨与另一滴雨，没有太大的区别
只不过，它们有的落在院坝
有的落在旷野、树林、城市大道
跋涉和流动，都是宿命
最后归为河水
如果命运太好，它们会再一次
回到天上
重新做一次旅行

我有时羡慕这些小小的雨滴
竟然有上天入地的本领
天空和大地，反复被它们演习

移　动

风，移动风
移动群山
云雾就这样被搬走

但群山是个倔强的孩子
像是风的对手

越吹，它越屹立不动
像是某种规则
矗立在人性之中

循　环

一枚叶子的绿与红
不是正反两面的事物
而是时间的敌人

一个人，不仅是动与静的结合
虚与实的统一体
更是生与死的循环

光雾山与我，不再是距离
只是一体两面

像来生，可以做它的一片叶子
不仅统一了红与绿
而且可以离开了再回来

逍遥词

韩溪河夜不停蹄，依然不能带走我
心上的沉重

白天，我曾在米仓古道上采摘过一叶菖蒲
用它自己的分解和折叠做成一只帆船
现在，却不能把河水折过来
成为梦中不息的奔腾
河水自己是自己的船只
自己是自己的桨橹
它不需要我草叶做的船帆

我来之前，它一样这样奔走
自己流着自己，自己冲洗自己
自己推动自己，自己送别自己
我走之后，它也一样
就像我也是一条河流
来与去，就是自己推送着自己
把昨天推送成今天
又把今天推送成昨天

而我却一样抽身而去，留下时间的空壳
像溪水留下我的影子，与时间谋定生死

洗

河水冲洗河床，越洗越深
陷入自己的漩涡

风洗过天空。繁星
就从天空这张大网倾泻而出

日子每天翻新，人间也就刷新一次
低处的生活，无非是借水打漩

风徐徐吹，肉身里的星辰
一遍遍洗净光芒

幸 运

此时，整个秋天都在我面前铺开
料峭的风中，落叶正在赶往冬天
转瞬之间，整个一年就这样过去
我所拥抱的秋天、夏天乃至春天
仿佛从没有在我的怀抱中存在过
我与它们相拥的那种温暖的场景
正被大地的寒凉，赶往一场白雪
如果晶莹的世界中仍有一种温度
被你辨认，我相信我会是幸运的

完　整

我在高速公路上，遇到了大雨
你说，此时在光雾山，阳光明媚
还遇见了金雕和林麝，十分惊喜
我觉得这才是完整的

比如，我们每天见一次面
即使见不了，也会在清晨
道一声早安
或者在临睡前，道一声晚安
仿佛这才是完整的

你常说，人生短暂，世事无常
要懂得珍惜
每天听到彼此的呼吸或消息
才是完整的

就像现在，我抱着一座山在飞驰
也是完整的

突　然

像一粒蝉鸣打湿了一滴露珠
像一枚树叶捧着了一粒雨水
像一朵花蕊藏住了一团云雾
像一只蜻蜓点醒了一面湖水
像一滴眼泪盛开了一汪星空

像此刻，我突然无法自已
面对你从微信发来的光雾山图片
它就不仅仅是一个：表情

路

夜晚是无数条路，你行在那条
我走在这条
像据守着深暗的河谷

星星架起的金桥
过于薄弱
而晚风，仅托着渔舟

时光是另一条
在心里流响和喧嚣

数万吨沉沉的梦
也是一条
虽有重逢或相遇
但过于短暂和虚幻

唯有黎明这个巨大的创口
可以稀释所有
阳光之下，所有的愁怨
都是一种甜蜜

同一种事物

我所见到的夕阳，正缓缓西坠
暗合此刻的心境
一想到它就是你所见到的朝阳
我又满怀喜悦

那么，我所见到的朝阳
想必也正是你所见到的夕阳
同一颗太阳，用二分法
将我们分隔成远方的远方
又用一元论
将我们统一于某种事物

这正如，我们有时所见到的
相反的事物
却有着共同的内核
或者就是一种事物本身
如此时，独坐光雾山
我目光所及的事物
仿佛也与它，达成了生死契约

唯 有

街巷和楼台，都在迅速老去
唯有焦家河，依然年轻
它轻轻流淌，仿佛初吟
唯有你站过的地方
草木重新聚拢，花朵再次绽放
唯有伞下的目光
可以和阳光匹敌
唯有你，可以在这朴素的诗行里
翻动不老的岁月
让爱和温暖，成为一片天空

倒装句

我在桃园，你在梅林
你在梅林，我在桃园
那时，我们玩这种倒装句，乐此不疲
像风吹来，又吹回去
像一阵鸟鸣，盖过一阵啁啾

而今，你在前面，我在后面
再不能倒装成：我在后面，你在前面
像水流过来，再流不回去
像目光过处，再不能折返

很多时候，你在上半夜入梦
我却醒在下半夜
我在黎明时的窗前记下这个句子
你是否会在黎明后的梅林去取回
我也不知
春天已深，你是否还会经过那片桃园
把最深的花蕊从光阴里倒装回来

空杯说

装什么，就是什么
比如，装果汁的时候
人们会说，这是果汁
装红茶的时候
人们会说，这是红茶
只有当你腾空
才会有人说，这是一只杯子

生命的悖论就是如此
赋予我们的
往往不是我们的。或者说
那些令人窒息的孤独和虚无
才是生命的真实

如此推论，当我离开
你才是你
就像山，不断空着
才是真正的高山
就像河流不断逝去
才是一条真正的河流

在光雾山，必须写一首《无题》

你向我走来，美丽的身影，裹挟着
阳光的金色质地
美好的清晨，被你打开
我听到泉水的淙淙声了
还有你笑靥里的鸟鸣和花香
这使人产生拥抱的冲动
但我突然想哭
那是我看到了你裹挟着无尽的过去
和无尽的将来
还有你带动的看不见的思绪
和自己都不能看见的飞飓
一想到，你走过之后
也像它们一样
难以寻觅，我就感到无尽的悲伤
像我们现在，相逢，又错过

《四月十三日，彼此的光雾山》再题

去年四月十三日，在山中
给一位朋友写了一首诗
今天，再用它作标题
给你写一首吧
才提笔，雨滴赶在落墨之前
这使我想起，四月的蔷薇
正开在山中
前世，你是不是一丛花树
把雨水紧紧抱在怀里
比花朵里的月光，还潮湿

山深处

在光雾山，手机信号
时有时无
你不必过于紧张或埋怨
重重叠叠的山
会过滤掉多余的信号

它用这个方式告诉你
在山的深处
你和它
就是整个世界

在神州南北气候分界带上
它静静地沉睡了数亿年
除了自己，还有另一个自己

现在，它只是告诉你
有那么一段时间只属于你们
山是个大世界啊
足够你忘记了天外

溪水与石头

这一天，群山依然延绵不绝
但我只写到石头和溪水
仿佛石头与石头，是推开山门的溪水
溪水与溪水，是时光的石头
我一时忘了自己
到底是一涧溪水，还是一块石头
似乎，这个疑问是多余的
就像，你问我——
是溪水跟着石头
还是石头跟着溪水
类似的情形：你在山里遇见我
你说是石头遇见溪水
还是溪水遇见石头
亲爱的，在光雾山，我们与石头和溪水
互为借代，铸为一体

背　景

光雾山，是花的背景
也是树、黑熊和河流的背景

大象无极。雾成了山的背景
云卷云舒的天空，又成了雾的背景

只有当你伫立在一朵花后
花朵也有了深深的背景

不必担心，在你面前，将渐次升起——
花海、雾海和云海

七　夕

这个日子来自传说
说明神仙和我们
有着共性

昨天在山里看见许多树
被藤缠住
有的相伴而生
有的互为身体

今天，林中的喜鹊
飞上银河
整个天空布满深情

灯与火的阑珊

灯火是巴国的，也是长安的
写词的人，丢下的晚风
是我的，也是你的

长发也罢，短发也罢
秀发里的灯火
穿越千年的叹息与赞美
你不来，城头的旗帜
没有好看的辫子

现在，灯火在长安
巴国已阑珊
城墙上的杜鹃花，迟迟未开
我要与一条河流谋反
做一只被秀发缠绕的渔船

山海情

在光雾山，我不是天涯
你也不是海角
椰风和巴山之风，徐徐吹拂
仿佛亿年前的沧海
和之后的桑田，合而为一
化为了这座神奇的大山
我们握手
就是一片树叶的正反面重叠
仿佛天涯是叶脉里的夏天
海角是叶脉里的秋天
绿色与红色互为两个季节
却在一张树叶里守候彼此
就像天涯与海角，已足够远
那就在远的尽头毗邻而居
成为最远最远的诗意
成为一枚叶子的绿与红

云和雨

云中的雨，雨中的云
在青葱的河岸叙述花开

花谢后，云像活佛
在岸边打坐空旷天宇

雨像苦行僧，身子跌落人间
穿过一片又一片河流

我们，对云和雨
一直说到花开

光雾石

巴山夜雨冲洗着深沉的肌肤
光雾雪激荡着洁白的筋骨

可以在诗中安家，画中落户
也可以从姓氏里发芽

高，可以伫立峰巅
低，也可以闲卧壑底

不到青埂峰下，依靠虚构活着
与一条溪流相拥，流成精美的传说

天空凝结在体内，一样变幻云彩
大海定居眼眸，席卷一生的波涛

一块石头，是一个小小的心窝
共同的体温，让我们彼此相认

天空是块磨刀石

天空，是一块磨刀石
替人拭出锋芒

从白天到夜晚，我也被太阳
磨成月亮，再由月亮
磨成一把弯刀

多余的部分，匀给星星
好让赶夜路的人
高擎上苍赐予的火把

澄澈

山已返青，而河水尚需一些时日
季节的劲舞者恢复平静
依然使用了强力
而平静者，却为不能恒常
而羞愧，它暗暗用力
对准自己的混沌，不停地推动流水
如我经过一天的运转
终于可以散淡地走向山野
一朵朵花，修补身体里的残缺
一缕缕清风
又将头脑中无动于衷的部分
轻轻吹醒
像月亮从暗淡的天空，澄澈而降

遗 憾

抵达成都，同一天还将直驱泸州
而这一日，本可与你聚首

肉身是一种限制，思潮弥补了
缺席的遗憾，我就拥有两个时空

我派出我的一部分，分别参与
微信成为辅助工具

我得以修复，相互弥补
又组成一个整体，我们当然也是

轮　回

太阳每天从光雾山坠落
第二天再一次升起
像完成一次轮回
这样想来，觉得非常幸福
每天夜晚，在韩溪边枕着浪花入眠
第二天，又在一声鸟鸣中醒来
像太阳每天看到的人间一样全新
可以对每一张熟悉的面孔和事物
以及自己，道一声：你好
活着的意义正在于此
我们有着太阳般的升跌往复
直到光热自然归于寂灭

加　法

在光雾山，一切都在做加法
比如红叶
比如花朵
夜晚，天上的星星也是

我的甜蜜也是
小确幸也是
渺思与逸兴也是
仿佛我收复了无数个我
又好像我在创造无数个自己

再 爱

百花之中，我没有独爱哪一种
也没有自比为哪一种
她们都有摄人心魄的颜色和姿态
每一朵，都带给我美好和眷恋

如果一定要统一在某处
最好选择光雾山——
它有百花盛开的山峰
也有千叶飘飞的深谷
还有雪花，纵横的疆土

但它不言不语
这是我独爱之后又再爱的缘由

喊　山

暮色吞没了群山，但并未消失
灯火重启了它们

我离开山谷
山谷却跟我走向人间
但山谷仍在，下次我去的时候
好像它们早已回来

亲人们啊，你们就在群山之中
我一遍遍点燃星光
分派萤火
为何你们，不重返人间

铁炉坝·巴山游击队纪念馆

山高、谷深、林密。一支劲旅需要
在大巴山的褶皱处藏锋
也需要在巴河蜿蜒处，学会迂回

但从未藏锋的精神，像一面旗帜
从不迂回的信仰，光彩夺目
我举起手臂，庄严宣誓
此时，蜀门秦关在身后静立注目

枪声已然远去，此地阒无人迹
无月的夜晚，像合上的史书无人翻动
我分明从雕塑上的林梢里
听到一群白鸽穿过

站立的台阶，瞬间上升，抬举
纪念馆，逐渐高过我的视线
成为绚烂夺目的黎明

梦境·光雾山

一定要等到夜晚，光才会从地上回到天上
背二哥不是走在人间的山道上
而是迂回在天庭

一定要等到你来，焦家河的老虎和黑熊沟的黑熊
才会与我们比邻而居
我们养过的那只花猫，和摆弄过的那个玩具熊
也才不会孤单
它们一定没有听到过光影里的啸吼
只不过与穿越成从前的我们相认

神仙与我们坐在两河口，欣赏亿年后的奇迹
他们和我们挨得如此之近，一定会在今晚
和我们同回人间

我取出那本传说，上面的每一个字
都走在影子之中，像突兀升腾的溪水又转返前身
像回去的路上，光雾山已提前抵达了梦境

桃花酒

让天气晴朗一些，再晴朗一些
叫桃园的桃花酿制一坛桃花酒
减去一份杏花酒的潮气和谦逊
酡色，就酡色吧
让这首刚写的诗也染上酡色
旁边那位旅客，才游完桃园
又起驾大坝

那高高的光雾山早已白雪飘飘
就送他二两桃花酒
再送他一匹黑骏马
去那边邀来会当凌绝顶的白
和桃花比试春天，看看
酒量与胆气，到底谁更大一些

蜂蜜酒

酒是我们身体之外
流淌的血液

它最先可能汇成小溪
如果我们内心激荡
就会成为江河，乃至大海
波涛淹没
是我们甘心情愿的事

有温度的液体
滴落千年，依然滚热
碳化后的水
让情感得以保质

如我此刻拥着光雾山
——我爱，故我在

蝉鸣是上好的墨汁

一

蝉鸣是上好的墨汁，有着倾泻之势
水、石、树、亭、栈道，入画时
就有了声音的皱褶
游鱼跌宕，只是波浪上的一线纹理
而落叶，你不碰它
便一直酣睡
伸缩的弹性
到了画里，终于得到了辗转
仿佛静静的跌落和腐朽
只是一次误笔
此时，借由画布，再次复活和飞翔

二

多出来的石头，多出来的山峰
是生命对生命的照应
溪水也在这一天多了几重
白云依仗山溪之势

横卧在一张画卷之上
古道上的瘦马、驼铃，和
背二哥的歌声
也是多出来的
它们一个住进一匹山
一个占据一条河
此时，借画上的色彩和灵动的
笔锋，重返峰峦叠嶂的年代
让水声多出一些尖叫
让逝去的故事，多出一片天空

三

画板是个接收器，在香炉山，专门
接收云彩、雄峰和流岚
作画的人，挥洒笔墨
天上的神仙就会来
画上做客、停留和久居
那些常年在山底驻守的雪松
借助一张画纸，开始走向云端
风在一旁轻轻捻纸，铺墨，翻页
画上的仙气，一不小心就飘出天外

四

面对一张洁净的画布

我发现自己的苍白，比它更甚
手中的色块，成了无处安放的花木

想起多年前，面对一块整齐的田地
也是如此，无力将手中的禾苗
绘成一幅大地之锦

最终，我还是背叛了那片山野
用手中的彩泥
换取酒钱、行囊和马匹
现在，当我决意要在画布上调出五色
它们却成了难以下坠的星辰

画布用洁净，安置我的苍茫和凌乱
而我，也只有用洁净
为它守住最初的空白

五

如秋天，减去一片长空
让流云和溪谷混为一潭
让寒冷和枯瘦，自成一派
泼墨之意，允许白，减至空和静
减去多余的时间
只余孤舟飘零
野径上的飞鸟与蓑笠

成为江山的统一体

水回到故乡，山走回祖籍

减去一片寒林的喧嚣

只让一棵冒雨赶路的树

在茅屋卸下霞光和剑气

旷远和静谧成为字词的原乡

孤独成为音节

成为写意的代名词

神仙志

那时我年幼，跟着一条小路上了山顶
看见一个人不停地摆动胡须
仿佛胡子可以遮住天空
直到太阳出来，才隐入山谷
傍晚又出现在山顶

亲人们都说我遇到了神仙
从此梦境会成为糖纸
注定一生香甜
果然，几十年来，蹭也蹭不掉
那座山，像一块糖，逐渐溶化在体内

桂花落

拜山问水，进深山，高垒坡，浅挖塘

坡就叫东坡吧，塘宜称西湖

坡上种唐诗，湖中养宋词

闲植五柳，忙插茱萸

柴门、犬吠、蛐蛐之鸣

既是人间烟火，又是入词佳偶

风雪夜，故人长衫依旧

云影无处栖落，撑开半面碧波

月光随时可以造访

那翻开的线装书

刚好有几树桂花静静飘落

光雾山茶·夜饮记

一

此是六月，万物带着剑气，长笙短笛
光雾含黛，远观近唤皆乐矣
巴山夜雨可以添一些。当然，清晨亦可
人间有清欢，沏一杯光雾新茗
倒是不错的
韩溪河跃跃欲试，奔腾如沸
也很有雅兴
不过，要先流过红尘往事
方可入茶。那样，汤色更好
这些都是虚空之事，务必净心静养
我假如去往云中，会见老友
你们一定不要变通，务必遵照执行

二

昨天在经书里看到，雪翻越了前世
化为一树红叶与我相见

今天在光雾山，又在一盏茶中相逢
你要年年春天邀我
在茶树下安坐
最好，一并邀请旧年的雪和红叶

它们如果远行
最多也只走到书柜顶端那本诗集中

三

茶是一尊佛，必须随身供奉
师兄，你常居山中
让草木得到皈依
我们论道，煮诗，谈天说地
就是茶香飘逸
一壶茶，俗世相托
一壶茶，生死轮回
一壶茶，约定又在茶中重逢

四

夕阳在石桌上的茶杯里缓缓沉落
香气袅袅，像倦鸟归入寂寥
你曾在山前的莲池
投下月色、星光和心事
如那粒烛火，将人间的来路和归路

染上温度

我来得太晚了，错过了
光雾山茶芽的初绽，和杯中的涟漪
甚至那钟声，只留下余韵
未能与你的目光，起舞弄清影

沏一杯晚茶，唇齿屯香
聚散都在回味间
我是往回走，去来路找回弄丢的晨露
还是在这样的暮晚，等月亮西坠
让一支香烛，将茶叶的梦境照透
抑或，化为一声不眠的鸟鸣
在你的杯盏中，荡漾

一部献给光雾山的情诗（代跋）

阳云[*]

梓文说，他要给光雾山写一部诗。

这个念头好，是绝对的好想法。

光雾山需要一部诗，也承载得了一部诗，不仅仅只是一部，再多的意象笔墨，像雾一样翻卷涌来，终能被日出撩开。

因为光雾山不仅是一座山峰，它是一条山脉，是米仓山脉最惊艳的一段，是亿万千年旷古的地质变迁杰作，是近千平方公里的广袤山川。

这里有奇峰峻岭、峰丛石笋、高山盆地、深谷丽峡、天坑溶洞、深潭瀑布、泉流溪河自然景观；

这里自由生长着千百种古木名树、奇草名花；欢游着各类珍禽异兽；

这里是雾雨雷电、冰雪霜霁挥洒豪情的舞台。

这里不仅是自然山水呈现出的峰奇、石怪、谷幽、水秀、山绿，而且还深藏着历史的烟云，传承着大巴山原始的习俗风情。

光雾山耐读耐品，它是山又不是山，是景又不是景，本质上它是诗，是画，是音乐，在不停地流动、变幻、舞蹈、飞扬，它是有生命的，是有灵魂的，是闪耀着神性光芒的。

光雾山是世界地质公园，国家 5A 风景名胜区，这些招牌，

＊ 阳云，中国作家协会会员，第三届巴中市文联主席。

不是浪得的虚名，是真的一条山脉盎然生鲜绵亘华夏腹地，靠实力赢取的。

光雾山的名气近些年荡秋千般越荡越高啦。但光雾山的天生丽质原本存在亿万斯年，不管你来与不来，它都独自美着。今天梓文先生决定用一支笔去探寻它的山水地理、历史人文的肌理，用诗歌的豪语壮言、妍词丽句雕塑它的大美奇美壮美柔美；让雄浑的吟诵，高耸山的巍峨豪迈，流光生辉；让深情的献唱，婉转水的百媚千娇，溢情流韵。

开启一部诗寄光雾山的情诗之旅，是一场冒险。

一

献诗光雾山，需要进入，需要抵达。对光雾山的抵达，不只是脚步的丈量，不仅是身体的进入。那是心的融入，那是物我相融的缠绵交织。

诗寄光雾山，若情感不真、不炽、不浓，诗一定是敷衍的、寡淡的；若体悟不深、不广、不透，诗一定是肤浅的、轻飘的。

对光雾山不要轻易言爱说喜欢，我要在诗里来看到诗人梓文的情，读到他的爱。有吗？当他说要为光雾山写一部诗，我就在期待，因为我曾经也为光雾山写过一本书，叫《笔走光雾山》，那是散文随笔式的，而他是诗的，我们都对光雾山情有所钟。有了盟定，执子之手，情有多真，爱有几分？当他厚厚的书稿摆在我的案头上，我是小心、谨慎、认真地一页页翻开，开始一场关于光雾山的诗歌体验之旅。

我想在你巍峨的视线中，攀援而上

与林野抱团取暖

建木屋，读闲书，弄古琴

天上的神仙，悄悄住往人间

我想在你温暖的姿势里，涉水而过

与渔火称兄道弟

养育鹤鸣、笛韵，放生竹筏、月光

烟花三月，不下扬州

光雾山——诺水河，就是

天上胜景，诗里江南，足够我周游

——《诺水河》

这都是山惹的祸，终其一生

我都不能做你的光

不能做你的雾

我只奢求，成为一块岩石或泥土

直至成为你的一部分

——《光雾山，辽阔的抒情》

对，就是这种情感的进入，让我们看到梓文的情真意切，浓稠醇醇，他要与她相依相偎，直至成为她的一部分，成为她的骨骼、血肉。他要穿过山，让风来、雨来、光来，让一座山住进他的体内，于是他的情感汪洋上升、翻腾，辽阔、昂奋。

对光雾山的情爱，不再简单，超出了独对敬亭山那种浅低层次相看不厌。此时，于光雾山，他是一种主动相知相融的情不自禁，情感繁复汹涌，层层叠叠，我读出他内心无数种情愫的强烈交织状态：对伟岸的崇敬，父亲般的情感扬起，对宽厚的依恋，母亲般的情感涌动，对柔情的迷醉，恋人式的情感喷发，对天真稚趣的激赏，孩童式的情感流泻。诗人把自己融进去了，与山一体，与绿植、鸟鸣共情。

> 所有人爱你时，你是我的母亲
> 所有人远离你，你是我的恋人
> 繁花落尽，光雾山
> 你怀抱初生的婴儿
> 像一片新染的红叶
> 怀抱古老的传说
>
> 我站在一座座山峰上
> 伫立在一条条溪流前
> 喊你的乳名
> 像一位母亲深情地轻唤
> 像一位恋人亲密地呢喃
> ——《光雾山，辽阔的抒情》
>
> 错落有致的林间，有精密的系统
> 也有轻启的门扉
> 我走走停停，不知自己是一株新植
> 还是空中掠过的一声鸟鸣
> ——《林间》

光雾山，对于梓文来说，就不是一座山了，光雾山就是故乡，就是至亲，是他情感的源头，每天的问候与牵挂变得如一日三餐寻常。无论是在成都出差，或是在海南旅游，当"光雾山"三个字浮上眼，涌上心，都有思接千载，有按捺不住飞身回返的热望切盼。

比如，我们每天见一次面
即使见不了，也会在清晨
道一声早安
或者在临睡前，道一声晚安
仿佛这才是完整的
——《完整》

光雾山一直住在我的诗歌里
却不能常常出没在我的视线中
我决定
停止写诗
挺进光雾山
——《光雾山令》

这是情绪的狂飙，这是爱的极致，有时话语和文字都不重要，对，干脆放下笔，不需要诗了，扑向光雾山，只要光雾山在身边，就这么枕着它，地老天荒。

二

诗人梓文对光雾山贯注了全部的情感，情绪是河流一样贯通的，体感是整体的、全貌的。我们要感知诗人激情的澎湃之状，炽热的爱恋之态，得似我们站在海岸礁石上，迎上去，小心触摸到最早一朵浪花扑来，紧跟着接受浪花的波涌高卷，一次次扑打、洗浴，体会情感的起伏跌宕。

于是，我们看到了诗人以某一种方式的进入，他用多个篇章，分门别类开启对光雾山诗意的倾诉，四季、晨昏变动的光雾山，山石岩崖的光雾山，溪流河谷的光雾山，花木仙草的光雾山，栈道关隘古城的光雾山，川陕烽火烈的红色光雾山，等等，此时，梓文的诗排闼而出，井喷式的呈现，洪流式的汹涌，既是激烈的，也是从容的。

开启对光雾山诗意的认知，诗人行进在光雾山，诗意的情感处处洋溢。每一个景点，都是一组诗歌的篇章，每一片森林的绿动，每一条河流的游走，都是一首诗的标题，每枚叶片的振羽、每声鸟鸣的滴落、每滴泉水的脆响，都是诗眼。

他在一处处景点处，用诗的眼睛发现了，感知到了某种诗性的，心与景契合，如在龙潭瀑布前，内心澎湃的激情开闸了，看到的山不同了，树不同了，眼前展开的已是辽阔的战场。

> 水可剪径，龙则沉潭
> 从两千多米的光雾山巅
> 携来的是云、雨、虹、雪
> 它们都是水的组成部分
> 或者光的变形
> 像一面山在暴动
> 又像一坡树在冲锋
> ……
> ——《龙潭瀑布》

在空山，这座高山盆地的具象中，类比，联想，借指，以七章组诗，多层次，多角度吟咏，腾空的空山、汉字里的空山、空山新词、空山如莲等，如此呈现出复杳之美，有大珠小珠落玉盘之感。

到了空山，才知道不仅竹，山也会空

凭栏问，千仞高山，为谁空

空的地方，适合放歌，漫步，禅定，饮茶，写诗

或者干脆谈情说爱

其实，空山不仅空着

而且一空到底

这点，与竹有些通感

仿佛，天地有节

仿佛，山水无踪

——《汉字里的空山》

因为内心的热爱，他看到了春天林中隐匿的力量：

一棵棵草

都顶着一颗颗晶莹的子弹

一丛丛花

是密集的弹药

毫不掩饰地裸露在外面

一根根高大的树木

端着明晃晃的刺刀，眼睛都绿了

准备最后的冲锋

——《春天的林野》

正因为对光雾山的情感错综复杂，所以对诗歌手法的呈现方式也就变幻多样：

在光雾山，你高不过一朵花

也低不过一滴露

山走在雾中

雾也藏在山中

他们像一对日出而作

日落的小夫妻

常常把露水忘记在草叶上

偶尔又遗落在小溪中

——《光雾山，辽阔的抒情》

这就仿佛让我们进入童话世界，童真稚趣跃然而出。而另一种状况，他可能又会独自在那儿哲思、凝语、痴言。

如秋天，减去一片长空

让流云和溪谷混为一潭

让寒冷和枯瘦，自成一派

泼墨之意，允许白，减至空和静

……

——《写意诀》

三

诗集中也有相当一部分诗，并不是直接的景物具象的描绘，而在借光雾山某一场境、某一情绪，将光雾山作为最好的话引子，倾诉自己、表达自己，宣泄情感。张望凝视里，闲坐品茶中，发呆默念里，思绪便飘飞了，人生过往的河流就不动声色穿行进来，此时，光雾山或许是以另一种方式的融入梓文的生命里，成为他的故乡，成为他的远方，复活记忆，照亮来路。

山中观日久了
也成为一枚太阳
在短暂的轮转中
学会了自由沉浮
——《香炉日出》

神仙用过的夜晚，尚有余烬
雾横花睡。林间
虫子们早已停止了吟诵
多年前，也是这样的清晨
父亲去往林深之处
留给我一枚月亮的淡影
……
——《神仙用过的夜晚》

在光雾山观日，日光不见了，眼前的景也走了，此时，眼前的日变成过去的日，变成故乡的日，那是柴门院坝，鸡走鸭行的田边地角，以及劳作的父亲母亲。而当坐在大坝的树下，看到两棵树的树枝相互地摩挲触摸，思绪则又飞入青涩少年的纯真时光，有过朦胧的萌动的情怀，那个同桌的"你"。

> 坐在贾郭山的两棵树下，看它们
> 在阳光下诵读诗篇，浑身金光灿灿
> ……
> 它们又用叶子触碰彼此的叶子
> 偶尔，它们的枝条也会缠绕在一起
> 发出欢快的呼叫
> 这让我想起多年前一位同桌
> 只是，这两棵树始终不会挪移
> 只会越长越高，互成美景
> 而我们，却选择
> 从那张课桌出发，逐渐找不到彼此
> ——《光阴忆》

诗人带着一颗诗心在光雾山里紧行慢走，脚步所到，目光所及，山石树木、溪流河水、风丝雨片、鸟鸣蝉叫，都在他的注视里、聆听中，这所有的一切构建了他的情感空间，心游八极。"培育溪水，放牧内心的野草/黑熊沟是一个隐喻"（《山居图》）。于此，光雾山对于诗人来说，"穿过我，就是众生/走过光雾山，就是天下"（《光雾山，辽阔的抒情》）。胸襟广大，云蒸霞蔚，气象万千。

光雾山，来过很多名家大家，他们是过客、游客，他们浮光掠影，浅尝辄止，情有可原，如果留下如高平先生"九寨看水，光雾看山，山水不全看，不算到四川。"这样经典的诗句，当广告语被人们传诵，就是厥功至伟了。

　　光雾山，对诗人梓文来说，是主人，来了，是回家，千百次只是闲时散步。对于光雾山，他今天已经写下以百计的情诗，再多也不算多，就像恋爱中的男女，再多的废话都是蜜语。因为他对光雾山有认知，时时都有新的美发现，这是情人的眼光，怎么看都是西施，四季轮转中，晨昏翻转里，每时每刻都是不同变化。

　　　　晨曦历转亿年，依然是新的
　　　　草尖和花上，一颗露珠也是新的
　　　　像清风，在一天中最早的时候问候我
　　　　佛光灿若云霞，微笑无语
　　　　它的光芒穿过我的旧身，仿佛也是新的
　　　　这有点像，我在尘世穿梭了几十年
　　　　用旧的时间，仍是新的

　　　　这有点像，我在光雾山的早晨遇见你
　　　　整个人间，都是新的
　　　　——《早安，光雾山》

　　光雾山是新的、不断变化着的，以多姿多彩示人，感知其新，一个诗人的使命永远在路上。东山魁夷说：大自然是有生命的，千变万幻，同一个季节，去年的景色，今年就看不到，即使昨天的风景，今天看也不尽相同，刚刚看似普通的一景，等到周遭转了一圈，回头再看一眼，可能韵味就出来了。一个诗人，只能用诗，喊出心中爱，一首诗，一组诗，或者几组诗来，都只是风动衣袂一角，他还有无数情意要表达、要抒怀，不管是赞美、吟唱，还是私语，都必须是浓烈的、饱满的。

> 所有的赞美都不是一次能够做到的
> 你看，我的诗
> 一节一节
> 一首一首
> 我乐于年复一年乐此不疲地赞美
> 是你给予的力量和感应
> ——《赞美》

有了这种久处不倦的情感，诗人就不必匆忙，心慢，笔慢，禅思静默，放大他这种意绪情境，不断加持他的情感，建筑起他诗寄光雾山的高峰，爱到永远，如十月光雾山红叶，燃遍山川！

2022. 8. 14 草成，2023. 5. 6 修改

图书在版编目（CIP）数据

光雾岚 / 孙梓文著.-- 武汉：长江文艺出版社，
2023.11

ISBN 978-7-5702-3278-9

Ⅰ. ①光… Ⅱ. ①孙… Ⅲ. ①诗集－中国－当代
Ⅳ. ①I227

中国国家版本馆 CIP 数据核字（2023）第 139579 号

光雾岚
GUANG WU LAN

责任编辑：胡　璇　　　　　　　　责任校对：毛季慧

封面设计：源画设计　　　　　　　责任印制：邱　莉　　王光兴

长江出版传媒 ｜ 长江文艺出版社

出版：

地址：武汉市雄楚大街 268 号　　　邮编：430070

发行：长江文艺出版社

http://www.cjlap.com

印刷：湖北新华印务有限公司

开本：880 毫米×1230 毫米　　　1/32　　　印张：6.625

版次：2023 年 11 月第 1 版　　　　2023 年 11 月第 1 次印刷

行数：4635 行

定价：58.00 元